KB042617

천마비상 7 완결

초판 1쇄 인쇄일 2014년 10월 27일 | **초판 1쇄 발행일** 2014년 10월 29일

지은이 용우 | **펴낸이** 곽중열 | **담당편집 팀장** 이범수
편집부 신연제 이윤아 김호성 김은경

펴낸곳 (주)조은세상 | 출판등록 제 2002-23호
주소 경기도 연천군 미산면 청정로 1355
TEL 편집부 02)587-2966 | FAX 02)587-2922
e-mail bukdu@comics21c.co.kr

ⓒ용우 2014
ISBN 979-11-5512-763-6 | ISBN 979-11-5512-459-8(set) | 값 8,000원

용우 신무협 장편소설

NEO ORIENTAL FANTASY STORY

7
완결

천마비상

북두
(주)좋은세상

천마비상 7

NEO ORICNTAL FANTASY STORY

CONTENTS

天魔飛上
一章.

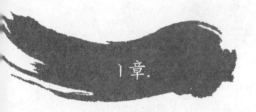

1章.

제갈강이 의문의 죽임을 당한 채 발견되었지만 중원 무
림의 관심은 이미 제갈강에서 멀어진 상태였다.

그럴 수밖에 없다.

혈교가 마침내 본격적으로 움직인 것이다.

언제 운남을 손에 넣은 것인지 알 수 없지만 확실한 것
은 그들이 모습을 드러냄과 동시 광서와 광동이 순식간에
점령당했다.

굴복하지 않는 이들은 철저하게 죽인다.

타협과 관용은 존재치 않는다.

자신의 편이 아니라면 무조건 죽인다.

살고 싶은 자들은 고개를 숙이며 혈교 밑으로 들어가야

만 했지만 그러기까지 광서, 광동의 수많은 무인들이 죽임
을 당해야만 했다.

잔인한 모습에 많은 이들이 반발했지만 돌아오는 것은
죽음 뿐이다.

광서, 광동 곳곳에 목을 베인 자들로 쌓은 피의 제단이
만들어졌고, 그것은 공포로 존재했다.

혈교의 준동과 함께 바빠진 곳은 사황성이었다.

백도맹은 정파의 자존심 때문에라도 혈교에 고개를 숙
이는 자들이 거의 없었지만, 자신이 살기 위해서라면 뭐든
하는 사파의 습성이 여지없이 드러났다.

순식간에 사황성에서 줄을 갈아타며 혈교에 입교하는
자들이 늘어난 것이다.

뿐만 아니라 끊임없는 혈교의 공격에 사황성은 빠르게
무너져 내리고 있었다.

어떻게 손을 쓸 방법도 없었다.

그렇게 사황성이 어떻게든 전력의 누출을 막기 위해
움직이고 있을 때, 백도맹의 상황 역시 그리 좋지 않았
다.

그렇지 않아도 제갈강의 일로 인해 벌어진 그들이었기
에 혈교에 대항하기 위한 전력을 구성하는 것도 큰 차질을
빚고 있었다.

특히 중소문파들이 인력 차출을 꺼리고 있다는 것이 문

제였다.

오히려 그들은 구파일방과 오대세가의 전력을 먼저 요구하고 있는 실정이었다.

이래저래 백도맹도 쉽사리 움직이지 못하는 처지가 되어버린 것이다.

하지만 의외인 것은 당장이라도 움직일 것 같던 기민한 움직임을 보였던 천마신교가 조용하다는 것이었다.

혈교의 준동과 거의 때를 맞추어 급격하게 움직였던 천마신교의 움직임에 대해 모르는 이들이 없을 정도였다.

하지만 천마신교는 끝내 움직이지 않았다.

그 이유에 대해 이런저런 이야기가 많았지만 진실을 아는 자들이 없었다.

◐

천마신교 최대의 심처에 지어진 천마각(天魔閣).

천마의 거처로 이곳에 출입을 허락받은 자가 아니라면 신분의 고하를 가리지 않고 제지 당한다.

만약 강제로 출입하려는 자가 있다면 언제든 이곳을 지키고 있는 천마검위대(天魔劍衛隊)에 의해 죽임을 당할 수도 있었다.

11

천마신교 전체를 내려다보는 구조로 지어진 천마각은 모두 8층의 구조로 되어 있었고, 천마각을 중심으로 아름다운 정원이 꾸며져 있었다.

정원에는 크진 않지만 잘 꾸며진 연못과 정자가 자리를 잡고 있었는데, 평소 잘 이용되지 않던 이곳이 오늘 만큼은 자리가 모자랄 정도로 가득 사람이 들어찬다.

"내가 조금만 늦었어도 큰일을 당했을 거다. 게다가 네 입장을 지금 이해하고 있다면 이곳으로 와선 안 되는 일이었다."

도현의 단호한 말에 마주 앉은 소진의 얼굴이 시무룩해진다.

자신으로 인해 도현이 다급하게 움직였고, 천마신교가 중원으로 움직일 뻔했다는 것을 알았기 때문이다.

뿐만 아니라 자신이 너무 쉽게 생각하고 움직였다는 것을 뒤늦게나마 깨달았기 때문이기도 하다.

고개를 들지 못하는 소진의 옆에서 비연은 작게 한숨을 내쉴 뿐 입을 열지는 않는다. 도현이 아니었다면 자신이 그녀에게 했을 말이기 때문이다.

작은 정자에는 다과상을 중심으로 도현과 소진, 비연뿐만 아니라 빙설하와 예미영까지 자리하고 있었다.

도현이 소진에게 연신 열변을 토해내는 동안 말이 없던 빙설하와 예미영이지만 그 시선만큼은 강렬했다.

서로를 바라보는 두 눈만 보고 있자면 당장이라도 서로를 향해 달려들어도 부족함이 없을 지경이었다.

하지만 정작 그것을 눈치 채야 할 도현은 조금도 눈치 채지 못하고 소진에게만 정신을 쏟고 있었으니…… 오히려 보고 있던 비연이 답답할 지경이었다.

'이런 상황에서… 괜찮을까?'

괜히 소진이 걱정되는 비연이었다.

"어쨌거나 무사히 이곳으로 왔으니 다행이지만… 앞으로 어떻게 할 생각이야? 검후인 네가 이곳에 왔다는 것이 외부에 알려지지 않도록 노력은 하겠지만, 알려지게 된다면 그 후폭풍이 결코 적지 않을 텐데."

마침내 도현이 설교를 멈추고 마무리하자 그제야 소진은 안도하며 생각해둔 것을 이야기했다.

"전 검각을 나올 생각이에요."

"검각을?"

그녀의 말이 끝나기 무섭게 깜짝 놀라는 도현.

아니, 도현뿐만 아니라 미리 사실을 알고 있던 비연을 제외한 모두가 놀란다.

당연한 일이다.

검각의 검후라고 한다면 무림에서도 아주 잘 알려져 있는 상황인데, 그런 검각을 나온다고 한다는 것은 자신의 모든 것을 버린다는 것과 같은 뜻이니까.

"그게…… 무슨 말인지 알고 하는 말이겠지?"

"음…… 검각에서 절 거두었기에 무공을 익히긴 했지만 솔직한 마음으로 지금 이 순간에도 무공에 대한 집착은 그리 없어요. 무공을 잃고 난다면 잠시 불편하기는 하겠지만, 그것보다는 오라버니 곁에 있는 것이 훨씬 더 나은 일이니까요."

말과 함께 싱그러운 미소를 보내는 그녀.

그 모습에 빙설하와 예미영의 눈썹이 순간 꿈틀거리지만 더 이상의 표현은 하지 않았다.

오랜 시간을 함께하며 소진의 성격과 도현에 거는 기대가 얼마나 큰 것인지 잘 알고 있기 때문이었다.

왜 그녀라고 해서 소진이 검각을 나가는 것이 아쉽지 않겠는가?

소진의 존재로 인해 검각은 개파 이래 최대의 호황을 맞이할 수도 있었다.

그만큼 소진의 재능은 무서운 것이었지만… 그녀의 행복을 위해 비연은 그 모든 것을 덮어두려 마음먹은 것이다.

쉽지 않은 일이 되겠지만 비연은 최대한 소진을 도우려고 하고 있었다.

"쉽지 않은 일이다. 검각에서 나온다는 것은 네가 익힌 모든 것을 버려야 한다는 것이고, 자칫 목숨을 잃을 수도 있는 일이다."

도현의 말에 모두들 고개를 끄덕인다.

당연한 일이었다.

지금까지 소진은 거의 평생에 걸쳐 검각의 무공을 배우고, 익혔다. 다시 말해 몸 전체에 무의식 적으로 검각의 무공이 각인되어 있는 것이나 마찬가지다.

그런 상태에서 검각을 나온다는 것은 쉬운 일이 아니었다.

비단 검각 뿐만 아니라 어떤 문파를 가더라도 마찬가지다.

문파의 절기가 밖으로 흘러나가는 것을 경계하지 않는 곳은 조금도 없었으니까.

"충분히 각오하고 있어요. 방금도 이야기 했지만 무공에 대해선 큰 집착이 없으니까요. 어쩌면 단전 폐쇄뿐만 아니라 사지의 근맥이 잘릴 수도 있지만… 그 정도는 오라버니가 어떻게든 해줄 거라 믿어요."

"하…."

믿음이 가득한 눈으로 자신을 바라보는 소진을 보며 도현은 긴 한숨을 토해낸다.

하지만 반대로 소진의 말 대로였다.

이미 도현의 신분은 무림 전체를 통 털어도 쉬이 상대할 수 있는 사람이 없을 정도였다.

천마신교의 교주이자 천마로서 어마어마한 무공 실력을 자랑하는 그에게 쉬이 반항하는 문파가 있을 리 없다.

단적으로 도현이 마음먹는다면 그 혼자서도 검각을 무너트릴 수 있을 정도였다.

다시 말해 도현이 나서는 순간 최악의 상황은 막아 낼 수 있는 것이다.

이를 위해선 많은 준비가 필요하고 무림에 쓸데없는 말들이 나돌기는 하겠지만 충분히 감수 할 수 있는 정도다.

결국 머릿속으로 어느 정도 정리를 끝낸 도현은 고개를 끄덕이며 자리에서 일어섰다.

"일단… 방법을 찾아보자."

그 말에 소진이 환하게 웃었다.

"백골문, 사독문, 사검문, 갈겸방 등 대형문파만 열개가 넘게 등을 돌렸으며, 그 이하 문파는 헤아리기 어려울 정도입니다."

장로의 보고에 사황성주 사독이 얼굴을 찡그린다.

잃어버린 왼눈이 아플 정도로.

혈교의 등장과 함께 등을 돌린 사파의 문파가 무수히 많았고, 이제는 대형 문파들까지 등을 돌리고 있는 상황이다.

아무리 살기 위해서 라곤 하지만 그동안 지원한 것을 생각하면 결코 용납할 수 없는 일이었다.

"결국 아무것도 해보지 못하고 광동, 광서 인근의 문파들이 알아서 놈들에게 무릎을 꿇은 격이로군."

사독의 말에 회의장에 자리한 모든 이들이 고개를 숙일 뿐 입을 열지 않는다.

사독 역시 대답을 바란 것은 아니었기에 작은 한숨을 내쉬며 자리에서 일어섰다.

"우선 흔들리고 있는 문파들에 대한 지원을 늘리고, 혈교 놈들의 도발에 언제든 움직일 수 있도록 본성은 지금부터 비상체제로 운영하며, 각 문파에 협조 서신을 보내라."

"명을 받듭니다!"

일제히 외치는 수하들을 뒤로하고 사독은 회의장을 벗어나 자신의 개인 집무실로 향했다.

집무실로 향하는 내내 사독의 얼굴은 굳은 채였다.

털썩!

힘없이 자신의 자리에 앉는 그.

"결국… 이렇게 될 것이라 생각은 하고 있었지만…"

쓰게 웃는 그.

사파 출신인 그 이기에 사파의 성향에 대해선 누구보다 잘 알고 있다.

그렇기에 사황성을 세운 이후 수많은 노력을 기울이며 사파를 한데 모으려 노력을 했건만, 결국 실패로 끝난 것이다.

"마음 같아선…… 모든 것을 뒤로 내버려두고 싶지만 그럴 수도 없음이니."

절로 터져 나오는 한숨.

사황성은 사황성이란 사독이 직접 세운 문파를 중심으로 사파 전체가 뭉쳐있는 구색이었다.

즉, 사황성을 중심으로 사파의 수많은 문파들이 협력을 하고 있는 모양새인 것이다.

그렇기에 사독이 마음만 먹는다면 모든 것을 뒤로하고 자신의 직속 세력만 이끌고 뒤로 숨어버리는 것도 가능한 일이었다.

하지만 그러지 못하는 것은 그러는 순간 무너져 내릴 사파의 미래가 불 보듯 뻔하기 때문이다.

자신의 인생 모든 것을 사파에 걸었지만 돌아오는 것은 배신이란 결과에 사독은 큰 충격을 받았다.

"어디서부터 잘못된 것인지…."

쓰게 웃으며 자리에서 일어서는 그.

상황은 점점 어려워지고 있지만 이렇게 힘들어하고 있을 때가 아니었다.

혈교의 힘은 무서운 것이다.

조금이라도 방심하는 순간 잡아먹히는 것은 자신들이
될 것이기에 철저하게 준비를 해야만 했다.

"늙은이도 우습게 볼 것은 아니란 말이지."

고개를 흔들며 옷을 갈아입는 그.

화려하지도 좋은 옷감도 아닌, 삼류무인들이나 입을 법
한 옷을 골라 입은 그의 신형이 홀연히 사라진다.

사황성에서 모습을 감춘 사독이 다시 모습을 나타낸 곳
은 놀랍게도 호남성 동정호의 원강이란 작은 도시에서였
다.

겨우 하루 만에 수 천리의 길을 주파한 것이지만 정작
당사자인 그는 별일이 아닌 듯 유유자적하게 원강으로 향
한다.

작은 도시라곤 하지만 동정호가 워낙 유명하다보니 오
가는 이들이 무척이나 많았다.

그런 사람들 틈바구니에서 그는 느긋한 걸음으로 술과
간단한 안주거리를 구입한 뒤 원강의 외곽으로 향했다.

원강의 외곽에는 드넓은 대나무 숲이 존재했다.

숲에 들어서고서도 한참을 움직인 끝에 사람들의 발길
이 전혀 닿지 않는 곳에 자리하고 있는 크면서도 윗부분이
평평한 돌을 발견한 그는 주저 없이 돌 위에 자리를 깔고
앉았다.

쪼르륵─.

어렵지 않게 대나무를 잘라 만든 술잔에 싸구려 죽엽청을 가득 부어 들이키자 타는 듯한 강렬함과 함께 죽엽청 특유의 향이 가득 올라온다.

"후… 여전하군."

사황성주란 자리에 앉으며 수많은 명주(名酒)들을 접하는 그이지만 어릴 적 가끔 몰래 마시던 죽엽청만큼 마음에 드는 술이 없었다.

사람들의 눈이 있기 때문에 이젠 쉽게 마실 수 없는 술이 되어버렸지만 말이다.

정상에 선다는 것은 수많은 이들의 눈을 의식해야 한다는 것이고, 자신의 뜻대로 할 수 있는 것은 의외로 그리 많지 않았다.

그렇게 독한 죽엽청과 간단한 안주를 벗 삼아 흔들리는 대나무 숲의 소리를 들으며 술을 마시던 그가 돌연 옆으로 고개를 돌린다.

"늙으면 잠이 없어진다는데, 꼭 그렇지도 않은 모양이야."

"허허, 약속시간보다 빨리 온 것은 자네이지 내가 아니라네."

웃으며 모습을 드러내는 사람은 놀랍게도 백도맹주인 남궁선이었다.

그의 손에도 술 단지와 간단한 안주거리가 들려있었다.

금세 마주 앉은 두 사람은 대나무 술잔에 술을 가득 채워 마시기 시작했다.

정파와 사파의 정상에 선 두 사람의 만남 치고는 너무 단촐한 모습이었지만, 둘은 전혀 신경 쓰지 않았다.

"흠…… 이럴 땐 왼팔이 없는 것이 좀 불편하군."

술잔을 내려놓고 술병을 들어 술을 따르는 것이 불편한 듯 얼굴을 찡그리며 말하는 남궁선의 모습에 사독은 피식 웃었다.

확실히 양팔이 자유로운 자신에 비해 불편해 보이긴 했다.

그렇다고 왼눈이 없는 사독이 완전히 자유로운 것도 아니긴 했지만.

"앞으로 어떻게 할 생각이냐?"

툭 내던지듯 술잔을 들며 묻는 남궁선.

"마음 같아선 다 내던지고 싶은데 그럴 순 없고, 일단 상황을 지켜보는 수밖에 없겠지."

"허허, 네놈이 약한 말을 할 때도 있구나."

"영감만큼은 아니지."

"그것도 그렇지."

웃으며 고개를 끄덕이는 남궁선.

그 역시 처지가 그리 좋지는 않았다.

일단 백도맹의 맹주 자리에 있기는 하지만 왼팔을 잃어
버린 이후 거의 대부분의 실권을 빼앗겼다.

여기에 구파일방과 오대세가.

이젠 중소문파의 문제까지 어떻게 본다면 사황성보다
훨씬 더 큰 문제가 가득한 곳이 백도맹이었다.

맹주인 그로서도 어찌 할 수 없는 감정의 골이 생겨버린
것이다.

서로를 믿지 못하는 상황이니 혈교에 맞서기 위해 전력
을 움직인다고 한들 효율적인 관리가 되기 어려울 터였다.

"밀서까지 보내가면서 날 만나자고 한 이유가 뭐야, 영
감? 뭐…… 대충 짐작은 하고 있지만."

"허허허……."

너털웃음을 지으며 술을 들이키는 남궁선.

그렇지 않아도 쓴 술이 더 쓰게 느껴진다.

"자네도 알겠지만 지금 본맹이나 사황성의 전력으로는
혈교를 막아 낼 수 없을 것이야. 광동, 광서를 접수하며 놈
들이 보여준 힘의 파편… 그것은 능히 천하를 휘어잡을 수
있음이야."

"……다 알고 있는 사실 아니었나? 꽁꽁 숨어 있던 놈들
이 모습을 드러냈다는 사실 하나만으로 경계하고 또 경계
해야 할 놈들이지."

"그렇지. 어쨌거나 이대로 놈들과 부딪치면 남는 것은

우리의 피 밖에 없겠지."

남궁선의 말에 사독은 얼굴을 찡그리며 단숨에 술을 들이킨다.

인정하기 싫지만 그의 말대로였다.

지금의 사황성과 백도맹에는 혈교를 이겨 낼 수 있을 만한 힘이 없었다.

아니, 당장 현상유지를 하기에도 벅찬 상황이었다.

슥.

손을 들어 사라진 왼눈을 쓰다듬는 사독.

"결국…… 모든 시작은 이것 때문이겠지."

"그렇지. 욕심 때문이었지."

쓰게 웃으며 술잔을 드는 두 사람.

어느새 해가 기울어가며 대나무 숲이 서서히 붉게 물들어가기 시작한다.

"영감. 지금 상황을 해결 할 수 있는 방안이 있소?"

"지금 상황을 해결 한다라…… 불가능한 일이겠지. 지금의 백도맹과 사황성만의 힘으로는."

"…결국 천마신교의 힘을 빌려야 한다는 것이오?"

그 말에 남궁선은 말없이 고개만 끄덕인다.

천하를 삼분하던 자신들이 어쩌다 이렇게 된 것인지 후회하는 감정만이 가득하다.

조륵……

"쳇! 벌써 다 마셨나?"

비어버린 술병을 멀리 던져버린 사독은 남은 술을 단숨에 들이키곤 남궁선을 보며 말했다.

"방법이라곤 이제 남은 것은 그것 밖에 없소. 문제는 놈이 우리 제안을 받아 들이냐는 것이지. 놈의 입장에서 본다면 우리는 원수나 마찬가지일 테니."

"그렇겠지. 허나, 스스로 천마(天魔)라 부를 정도로 강한 힘을 지니고서도 별다른 움직임이 없었다는 것을 생각한다면 어쩌면 희망이 남아 있을 지도 모르지."

"확실하지도 않군."

"허허허, 어쩔 수 없는 일이지 않은가. 지금으로선 그저 시도를 해보는 수밖에 없지. 이대로 정파나 사파의 맥(脈)이 끊어지는 것보단 낫지 않은가."

그 말에 사독은 쓰게 웃으며 고개를 끄덕인다.

사파의 무인들이 하나 둘 자신의 등을 돌리는 와중에도 사파의 미래를 위해 움직이는 자신의 입장이 그다지 마음에 들진 않았다.

남궁선 역시 그런 사독의 고민을 조금은 알 수 있었다.

그것은 서로 비슷한 처지에 있기 때문에 가능한 일이었다.

"놈을 설득할 방법이라도 있소, 영감?"

"거기까진 나도 아직 생각해본 것이 없네. 하지만… 진

심으로 부탁을 한다면 어떻게 되지 않겠는가. 더 큰 문제
는 시간이 없다는 것이네. 당장 혈교가 더 이상 움직임을
보이지 않고 있는 것 같지만, 실제론 물밑으로 많은 작업
을 하고 있는 중이네. 이미 거기에 넘어간 문파들이 수두
룩하지."

"정파에서도 그런 놈들이 나오다니…… 볼 장 다 봤군."

"허허, 그런 셈이지."

순순히 고개를 끄덕이며 인정한 남궁선은 자리에서 일
어서며 말했다.

"이젠 체면을 차리고 있을 때가 아니네. 혈교의 힘은 우
리가 생각하던 것보다 훨씬 더 강하고, 치밀하기 짝이 없
는 놈들이네. 시간을 더 들였다간 돌이킬 수 없을 것이야."

"후… 어쩔 수 없지."

긴 한숨과 함께 사독 역시 자리에서 일어선다.

그리고 두 사람의 신형이 동시에 사라진다.

바위 위에 놓인 술병과 술잔만이 덩그러니 남았다.

天魔花上 2章.

2章.

　당장이라도 터질 듯 끓어 넘치는 열기가 천마신교 전체에 가득하다.

　이젠 완전히 자리를 잡은 천마신교는 교주이자 절대지존인 천마를 중심으로 똘똘 뭉쳐 있는 중이었다.

　혈교의 등장에 당장이라도 움직일 것 같던 천마신교였지만 도현의 한 마디에 모든 움직임을 멈추고 숨죽이고 있었다.

　그만큼 도현의 위치가 그야말로 천마란 이름에 걸맞게 인식되기 시작한 것이다.

　불만이 없는 것은 아니었지만, 천마신교의 무인들은 묵묵히 수련에 매진했다.

결코 두고 보고만 있지 않을 것이란 도현에 대한 믿음이 있기에 가능한 일이었다.

"흠……."

연무장의 중심에 가부좌를 틀고 앉은 도현의 입에서 연신 신음성이 흘러나온다.

두 눈을 감은 그의 몸은 땀으로 흠뻑 젖었다.

이마에 송글송글 맺힌 땀들이 얼굴선을 따라 흘러내린다.

우웅―.

몸에서 흘러나온 기운들이 허공에서 어지럽게 얽힌다.

"쉽지 않군."

결국 짧은 한 숨과 함께 자리에서 일어서는 도현.

이제까지 도현이 하고 있었던 것은 소진을 위한 새로운 무공을 만들고 있는 중이었다.

검각을 나올 것을 선언한 그녀였다.

무공을 잃을 각오를 하고 있었지만, 도현은 그녀가 이대로 무공을 잃는 것을 보고 있을 생각이 없었다.

비록 검각의 무공은 더 이상 사용할 수 없겠지만, 그에 필적하는 새로운 무공을 그녀에게 맞추어 만들어내려는 것이다.

머릿속에 있는 수많은 무공들을 새로이 조합하고 있었지만, 특정한 한 사람에 맞추어 만들려고 하다보니 아무리 도현이라 하더라도 쉽지 않은 일이었다.

어느 정도 수준에서 만들려면 벌써 만들었겠지만 되도록 뛰어난 무공을 만들려는 욕심이 그의 발을 붙들고 있었다.

그때 도현의 기감에 조심스레 다가서는 한 사람의 기척이 잡힌다.

"무슨 일이지?"

스스슥.

"교주님을 찾아온 손님이 계십니다. 저희 선에서 어찌할 수 없는 분들이라……."

죄송스럽다는 얼굴로 고개를 숙이며 입을 여는 수하를 보며 도현은 자리에서 일어섰다.

어지간한 일이 아니라면 자신을 방해하지 않았을 것이다.

천마검위대인 그들이 쉽게 처리 할 수 없는 일이라면 어지간한 거물이 자신을 찾고 있다는 말이었기에 도현은 순순히 움직인 것이다.

"씻고 가도록 하지."

"명!"

"대단하군."

"허허, 그러게 말이네. 그 짧은 시간에……."

사독과 남궁선은 창 밖으로 보이는 모습에 진심으로 놀라고 있었다.

천마성이 무너지고 천마신교가 들어선 것이 겨우 얼마 전의 일이었다.

그런데 이들은 벌써 자신들만의 철옹성을 구축하고 있었다.

제대로 된 전력을 가지고 온다 하더라도 쉽게 이곳을 칠 수 있을 것이란 생각은 할 수 없었다.

"게다가 보이는 무인들 마다 하나하나 날카로운 기세를 내뿜고 있음이니…… 이건 뭐, 천마성 시절보다 더 무서운 곳으로 변했군."

"음!"

"영감. 어쩌면 우린 최악의 상대와 손을 잡으려고 하는 것일지도 모르오."

"늑대를 피하려다 호랑이를 만난 꼴이란 말인가?"

"난… 그런 생각이 드오."

사독의 침울한 말에 남궁선은 별 다른 말을 할 수 없었다. 그 역시 그렇게 생각하고 있던 참이니까.

두 사람이 생각했던 것보다 훨씬 더 천마신교는 완성되어 있었으며, 강한 무력을 갖추고 있었다.

이들의 존재가 무림에 흉(凶)이 될 것인지 복(福)이 될 것인지 도저히 감을 잡을 수 없었다.

그렇게 두 사람은 천마신교의 모습을 두 눈에 담으며 도현이 모습을 나타낼 때까지 얌전히 기다렸다.

그렇게 반 시진이 흘렀을 무렵 문이 열리며 도현이 모습을 나타낸다.

"……거물들이 행차하셨군."

도현이 두 사람을 보며 차갑게 웃는다.

뜨거운 용정차가 차갑게 식을 때까지 한 자리에 앉은 세 사람은 입을 열지 않았다.

침묵이 감도는 방.

도현으로선 사부의 원수나 마찬가지인 두 사람을 상대로 먼저 입을 열 필요가 없었고, 두 사람으로선 어떻게든 이번 기회에 선수를 잡고자 먼저 입을 열지 않았다.

그렇게 조금의 시간이 더 흐르고 나서야 결국 먼저 입을 연 것은 남궁선이었다.

"후……."

긴 한숨과 함께 고개를 흔든 그는 사독을 향해 말했다.

"여기까지 하도록 하세. 부탁을 하려고 온 것은 우리지 않은가."

"쯧."

혀를 차며 고개를 돌리는 사독을 대신해 남궁선이 도현을 곧은 시선으로 바라본다.

"사과를 한다고 해서 자네의 화가 다 풀리진 않겠으나, 미안하네."

고개를 숙이는 남궁선.

뒤를 따라 사독 역시 천천히 고개를 숙인다.

그런 두 사람을 보는 도현의 얼굴은 차갑다.

"우리의 은원은 뒤로 미루고 지금은 중원 무림의 미래만을 생각하는 것이 어떠한가."

"중원 무림의 미래라…."

남궁선의 말에 도현은 무심한 눈으로 두 사람을 본다.

"지금 중원 무림은 위험한 상태네. 본맹이나 사황성 모두 천마성의 일로 인해 전력에 큰 누수가 생겼으나, 아직 복구를 하지 못하고 있는 상태네. 그런 와중에 혈교가 준동했음이니 이를 막을 수 있는 방법이 없다네. 이미 눈에 보이는 것만으로도 우리로선 쉽사리 막아낼 수도 없기에, 이렇게 염치불구하고 자네를 찾게 된 것이네."

"거두절미하고 손을 잡도록 하지. 천마신교, 백도맹, 사황성에 이르는 중원 무림이 손을 잡지 않는다면 미래로 이어지는 희망은 없다."

사독의 단호한 말에도 도현은 대답지 않았다.

아니, 대답할 가치를 느끼지 못하고 있었다.

이들 때문에 천마성이 무너지고 사부가 죽임을 당했다. 거기다 혈교의 놀음에 신나게 놀아난 턱에 이젠 스스로를 지킬 힘조차 없다.

그런 주제에 이제와 뻔뻔하게 도움을 청하다니.

짜증이 치솟아 오르지만 필사적인 인내심으로 짜증을 꾹꾹 눌러 참은 도현은 긴 한숨과 함께 입을 열었다.

"후… 내가 거기에 응할 것이라 생각하나?"

"중원 무림의 미래를 생각한다면!"

"놈들을 막아내지 못한다면 이후 정파도 사파도 그리고 이곳 천마신교도 더 이상 존재 할 수 없을 것이네."

사독과 남궁선의 이어지는 말에도 도현은 무관심한 표정을 지어 보인다.

실제로도 별 관심이 없었다.

백도맹과 사황성이 무너지고 정, 사파가 사라진다고 해서 그것이 어떻겠는가?

분명한 것은 천마신교엔 혈교를 막아낼 힘이 존재한다는 것이다.

눈에 가시 같은 존재들을 혈교에서 처리를 해준다면 오히려 고마운 일이었다.

그때 도현의 머릿속을 스쳐 지나가는 한 존재가 있었다.

'그래…… 이번 기회에 소진의 일을 처리하는 것이 좋 겠어.'

검각과 소진의 관계는 무척이나 복잡하다.

자신이 힘으로 하자면 못할 것이 없다곤 하지만, 그리되 면 소진의 마음에 상처가 생길 수도 있는 일.

그렇다면 적대적인 관계인 자신보단 백도맹주가 나서서 움직이는 편이 좀 더 나을 것이다.

소진이 검각을 나온다고 하면 그녀의 위치를 생각해 본 다면 십중팔구 아니, 반드시 검각에선 그녀의 목숨을 취하 려고 할 것이다.

단전을 폐쇄하고 사지근맥을 자르는 정도에서 끝난다면 자신의 능력으로 얼마든 치료 할 수 있지만, 목숨은 그렇 지 못했다.

물론 소진의 목이 떨어지는 것을 보고만 있진 않겠지만 기왕이면 좋은 것이 좋은 것이라고, 검각도 나름의 체면을 챙길 여유를 주는 편이 나을 터였다.

'편하기로는 그냥 없애버리는 것이 낫겠지만…… 그럴 순 없겠지.'

소진 몰래 신교의 무력부대를 하나 내보내는 것만으로 도 충분히 검각을 무너트릴 수 있겠지만…… 어찌 그럴 수 있겠는가.

지금 도현은 소진에게 최대한 상처주지 않는 방향으로

그녀를 검각에서 빼내려는 것이다.

그러기 위해선 마음에 들진 않지만 눈앞의 백도맹주를 이용하는 것이 나을 것이다.

"좋아. 그대들의 의견을 들어보지…… 하지만 조건이 있다."

갑작스레 분위기를 바꾸어 말하는 도현을 보며 두 사람이 긴장한다.

다음날 아침부터 천마신교가 들썩인다.

큰 행사가 있을 때나 대규모 훈련이 있을 때에 쓰이던 대연무장으로 신교의 많은 무인들이 모여들었다.

하나 같이 흥분한 얼굴로 모여든 그들.

신교 무인 대다수가 참석한 자리에 마침내 그 주인공들이 모습을 드러낸다.

"이거 참…… 이런 식으로 이용당하게 될 줄은 몰랐군."

"허허, 기회라 생각하게. 그의 실력을 알아보는 것도 나쁘진 않은 일이지 않은가."

사독의 말에 남궁선이 쓰게 웃으며 답한다.

두 사람이 연무장에 들어섬에도 불구하고 큰 반응이 없는 신교의 무인들.

미리 적대시 하지 말라는 도현의 명이 떨어졌기 때문이었다.

개인적인 원한이 있다 하더라도 신교에선 천마인 도현의 명령이 최우선. 그 덕분에 침묵으로 그들을 맞는 것이다.

야유라도 들을 줄 알았던 두 사람으로선 의외의 일이긴 했지만 동시 그만큼 도현이 신교를 철저하게 통제하고 있음을 깨달을 수 있었다.

"그거야 그렇지만, 마음에 들지 않는군. 아무리 한쪽 눈과 한 팔을 잃었다곤 하지만 무림 최강으로 불리는 우리 두 사람을 동시에 상대하겠다니…… 오만한 것인지, 자만인 것인지."

혀를 차는 사독.

"그야 조금 있으면 알게 될 것이네. 하지만…… 오만도 자만도 아닌 것 같군. 저건 우리 두 사람을 확실히 누를 수 있다는 자신감인 것이지."

아무렇지 않은 듯 말을 하지만 남궁선 역시 기분이 썩 좋지만은 않은 듯 얼굴을 찡그린다.

그때였다.

"와아아아―!"

거대한 함성이 사방을 뒤흔들며 도현이 천천히 모습을 드러낸다.

편한 흑의 무복을 입고 허리춤에 검 한 자루를 차고 천천히 대연무장 안으로 들어선다.

그의 뒤를 따르는 장로들.

도현이 연무장 위로 올라서자 장로들은 미리 준비되어 있는 자리로 옮겨간다.

"어제 말했지만 최선을 다해야 할 것이다. 이 비무를 통해 협력 여부를 결정할 것이니."

차가운 말과 함께 등을 돌려 멀어지는 도현을 보며 두 사람은 아무런 말을 하지 않았다.

그저 천천히 기세를 끌어올릴 뿐.

'자…… 여기까진 계획대로인가?'

기세를 끌어올리는 두 사람을 보며 도현은 속으로 미소 지었다.

소진을 위해 이들에게 협력하기로 생각은 바꾸었지만 기왕이면 얻어낼 수 있는 모든 것을 얻어내야 할 것이었다.

언제든 자신의 뜻대로 움직여줄 신교이지만 수하들에게도 왜 이번 일에 자신들이 투입되어야 하는 것인지, 어느 정도 이유를 보여 줄 필요가 있었다.

한 세력의 수장으로서 독선적인 움직임이 필요할 때가 있긴 하지만, 이번만큼은 그럴 수 없었다.

사황성과 백도맹에 대한 뿌리 깊은 감정이 신교 곳곳에 깊숙이 새겨져 있기 때문이다.

그렇기에 도현은 그 반감을 상쇄시키기 위해 이 자리를 만들었다.

또한 자신의 힘을 실험해 볼 수 있는 좋은 기회이기도 했다.

비록 한 팔과 한 눈을 잃었다곤 하지만 저들은 사부인 패마와 함께 삼신(三神)으로 불리며 무림 최강자의 위치에 섰던 인물들이었다.

도현 자신의 힘을 알아보기엔 최적의 상대인 것이다.

그렇다고 도현이 자신의 힘에 대해서 모르는 것이 아니었다. 그래서 두 사람을 동시에 상대하려는 것이었다.

뿐만 아니라 패할 것이라곤 조금도 생각지 않고 있었다.

그저 자신의 힘을 실험하고 눈앞의 두 사람을 상대로 승리를 취함으로서 신교 무인들의 불쾌한 감정을 씻어 내리려는 것이다.

손을 잡고 공동으로 움직이기 위해서라도 어느 정도 감정을 씻어 내릴 필요가 있으니까.

시작은 사독이었다.

권신(拳神)이라 불리는 그의 권은 무형(無形)그 자체였다.

언제 움직인 것인지 알 수 없을 정도로 압도적인 빠름으로 순식간에 날아드는 권풍!

눈으론 세상 누가 온다하더라도 쫓을 수 없다.

눈으로 보는 것엔 한계가 있는 법이고, 그 한계를 뛰어넘기 위해 수련하는 것이 기감이었다.

눈 깜짝 할 사이에 날아드는 권풍에도 도현은 침착하게 반보 옆으로 비켜서는 것만으로 첫 공격을 피해내었다.

허나, 어느 사이에 접근한 남궁선의 검이 날카롭게 허리를 노리고 날아든다.

미리 손발을 맞추기로 약속이라도 하지 않은 이상 쉽게 나올 수 없을 깨끗한 호흡.

이제까지 적대하고 있던 상대라곤 생각 할 수 없는 호흡을 보이며 달려들었지만 도현은 어렵지 않게 뒤로 한발 물러서며 남궁선의 공격을 피해낸다.

휘휙!

스컥!

허공을 격하고 날아드는 권과 허공을 가르며 날아드는 검.

그 어느 것 하나 쉬이 볼 수 없음에도 불구하고 도현은 여유롭게 공격을 피해내거나 검으로 막아낸다.

하지만 그것을 보고 있는 사람들은 달랐다.

두 눈으로 따라가는 것조차 벅찬 공방에 벌어지는 입을 다물 수 없었다.

현 무림 최강으로 불리는 두 사람을 상대로 조금도 밀리지 않는 모습을 보여주는 도현을 보며 끓어오르는 흥분을 감출 수 없었다.

저 사람이 신교의 주인이다!

저 사람이 우리를 이끄는 사람이다!

저 사람이 우리의 천마다!

그 모든 흥분감이 한데모여 뜨거운 숨을 토해낸다.

"와아아아!"

'이런……'

자신의 공격이 무위로 돌아가자 남궁선의 얼굴이 살짝 일그러진다.

왼팔이 없다곤 하지만 그것을 무시 할 수 있을 정도로 노력을 해왔고, 지금에 이르러선 왼팔을 잃기 전의 실력을 되찾았다고 자신하고 있었다.

그럼에도 불구하고 자신의 검은 상대에 닿지 않고 있었다.

'스스로 천마라 칭할 정도이니 실력이 있을 것이라 생각은 했지만…… 이건 생각이상이야. 손을 잡기로 한 내 생각이 잘못되었을 수도 있겠어.'

남궁선은 자신이 실수했음을 이제야 깨달을 수 있었다.

여우를 잡고자 호랑이를 산으로 끌어들이는 실수를 범해버린 것이다.

아무리 혈교가 막대한 상대라 하더라도 사황성과 백도맹의 모든 전력을 모으고 어떻게든 시간을 끌며 호흡을 맞춘다면 어떻게든 놈들을 막아낼 수 있었을 지도 모른다.

하지만 눈앞의 상대는 달랐다.

막을 수 없다.

상대하면 상대 할수록 그런 생각밖에 들지 않고 있었다.

동시 이번 기회가 아니라면 눈앞의 도현을 꺾을 수 있는 기회가 두 번 다시 오지 않을 것이란 사실도 알 수 있었다.

'어차피 벌어진 일. 그렇다면…… 어떻게든 여기에서 한번 꺾어야 한다.'

결단을 내린 순간 그의 시선이 사독을 향하고.

사독 역시 같은 생각을 했던 것인지 두 사람의 시선이 정면으로 마주친다.

찰나의 순간이었지만.

두 사람의 생각이 하나로 뭉쳤다.

우웅!

남궁선의 검이 검명음을 토해내며 푸른 검강을 뿜어내고, 사독의 굳게 쥔 주먹에서 검붉은 권강이 솟아오른다!

이제까지와 전혀 다른 기세.

어려운 상황임에도 불구하고 도현은 웃고 있었다.

'이제야 상황이 이해가 된 모양이로군. 자, 보여 봐라! 제대로 된 실력을!'

도현의 눈이 예리하게 빛나며 그의 검에서 검은 검강이 일어난다!

쿠아앙!

굉음과 함께 강렬한 충격파가 사방으로 퍼져나간다.

검(劍)과 검(劍).

검(劍)과 권(拳).

강기(罡氣)와 강기(罡氣).

그 강렬한 충격 속에서도 도현과 사독, 남궁선은 끊임없이 움직이고 또 움직이고 있었다.

손끝에서부터 전달되는 강렬한 충격을 자연스럽게 몸 전체로 흘려보내며 충격을 완화시키며 상대의 빈틈을 찾는다.

휘리릭!

우측 뒤편에서 교묘하게 날아드는 사독의 강렬한 주먹에 도현은 앞으로 달려가던 상태서 부드럽게 한발 뒤로 움직인다.

어찌나 빠르고 순간적인 것인지 그의 몸이 사라진 것 같다.

"칫!"

자신의 공격이 빗나갔음을 깨닫자 사독은 혀를 차며 주먹을 날린 방향으로 재빨리 몸을 날린다.

콰콰콰!

그가 서 있던 곳에 도현의 장력이 덮친다.

오른손에 든 검을 어지럽게 움직여 달려드는 남궁선을 견제하면서도 왼손은 여유롭게 장력이나 권풍을 날리며 적절하게 사독의 움직임에 대응한다.

눈앞에 희대의 강자 두 사람이 있음에도 불구하고 도현은 눈 하나 깜짝하지 않고 있었다.

오히려 지금의 상황을 즐기는 듯한 이상을 풍기고 있었다.

찌엉!

남궁선의 검이 전력으로 부딪쳐 오자 도현은 재빨리 검의 충격을 거스르지 않고 뒤로 물러선다.

검을 통해 전달되는 강렬한 충격을 재빨리 하체로 흘려보낸다.

찌릿, 찌릿.

충격을 흘렸다곤 하지만 검을 잡고 있던 손바닥 전체가 얼얼하다.

고통이라면 고통일 감각에 도현은 몸이 끓어오름을 느끼고 있었다.

뜨거워진 몸과 흥분되는 감정.

살아있다는 감각과 자신의 뜻대로 움직인다는 즐거움.

그 모든 것이 하나로 합쳐지며 도현에게 즐거움이란 감정을 가져다주고 있었다.

신교에도 무수히 많은 강자들이 있고, 그들과 수많은 비무를 펼쳤지만 지금 같은 감각을 불러일으키는 자들은 없었다.

'좋군, 좋아!'

진심으로 즐기는 도현.

하지만 그를 상대하고 있는 두 사람은 전혀 그럴 수 없었다.

전력으로 공격을 쏟아 붇고 있음에도 불구하고 제압을 하지 못하고 있는 것이다.

그것도 두 사람이 동시에 달려들어서 말이다.

'언젠가 보았을 때 위험할 것이라 생각은 했었지만……'

남궁선의 속내가 복잡하다.

그것은 사독 역시 마찬가지였다.

오래전 그를 보았을 때 언젠가 무림을 호령하는 절대강자가 될 것이라 예상은 했었지만 생각보다 더 빠른 속도로 그의 실력이 성장해 있었다.

자신들이 감당하기 어려울 정도로.

'적절한 수준에서 이젠 끝낼 수가 없겠어.'

결국 사독은 마음을 새로 먹었다.

전력을 다하고 있다곤 하지만 실제 사독의 절기는 아직 펼쳐지지 않은 상황이었다.

당연한 이야기였다.

서로의 목숨을 노리고 움직일 수는 없는 일이니까.

으득!

이를 악문 사독의 기운이 돌연 변한다.

훅!

그것을 누구보다 먼저 알아차린 것은 도현이었다.

알아차리는 그 순간.

"독사권(毒蛇拳)!"

푸확!

그의 외침과 함께 곧게 뻗어 나온 사독의 주먹이 무시무시한 변화를 일으키며 강렬한 기운을 뿜어내기 시작했다.

독사권이란 이름과 같이 기묘 무쌍한 움직임을 보이며 빠르게 쫓아 들어오는 그의 공격에 도현은 재빨리 검을 들어 막았다.

하지만 기다렸다는 듯 날아들던 주먹이 변화를 일으키며 검을 피해 얼굴을 향해 날아든다.

뿐만 아니라 어느새 뒤로 돌아온 남궁선의 검이 시간을 두고 하단을 베어오고 있었다.

사독의 주먹을 피하기 위해 철판교의 수법으로 허리를 뉘이면 남궁선의 검에 단숨에 목이 떨어져버릴 수도 있는 상황.

"핫!"

파앗!

짧은 기합과 함께 도현은 몸을 뉘이며 동시 두 발을 박차며 허공에서 몸을 뒤집었다.

사독의 주먹이 아슬아슬하게 뒤통수를 스쳐지나가고 몸을 회전시키며 바로 잡은 검은 날아들던 남궁선의 검을 쳐낸다!

캉!

귀를 찌르는 소리와 손을 얼얼하게 하는 강렬함을 느낄 틈도 없이 도현은 곧장 검으로 땅을 강하게 쳐낸다!

땅으로 떨어지던 몸이 순간 옆으로 튕겨나고.

쾅!

굉음과 함께 도현이 있던 자리에 사독의 진각이 떨어져 내렸다.

조금만 지체를 했어도 사독의 공격을 피해 낼 수 없었을 것이다.

오싹!

온 몸을 감싸오는 강렬한 느낌과 함께 등 뒤로 땀이 솟
아오른다.

'자… 시작이다.'

우웅!

손에 꽉 쥔 검 위로 검강이 솟아오르고, 몸에선 폭발적
인 마기가 뿜어져 나가다.

그에 맞추어 사독과 남궁선의 몸에서도 강렬한 기세가
뿜어져 나오기 시작했다.

콰아앙!

지축을 흔드는 굉음과 진동.

계속되는 충격에 대연무장을 지키던 대부분의 무인들이
자리를 피해야 했고, 그나마 남아 있는 이들도 언제든지
몸을 뺄 수 있도록 준비하고 있었다.

천하에서도 한손에 꼽을 수 있는 강자들의 싸움이었
다.

무신(武神)의 싸움이 이런 것인가 싶을 정도로 셋의 싸
움은 치열했으며, 가공할 정도로 무서웠다.

그럼에도 불구하고 천마신교의 무인들은 결코 세 사람
의 싸움에서 눈을 떼지 않았다.

뒤로 물러선 이들은 어떻게든 싸움을 지켜보기 위해 높
은 곳으로 움직였다.

멀리서 보는 만큼 제대로 볼 수도 없을 정도였지만 개의치 않는다.

강자들의 싸움은 지켜보는 것만으로도 큰 공부가 된다.

그리고 눈앞에 천하제일로 꼽히는 이들이 싸우고 있었다.

강함을 추구하는 천마신교의 무인들에게 있어, 이보다 좋은 공부는 없는 셈인 것이다.

뿐만 아니라 눈앞의 싸움은 다른 누구도 아닌 자신들의 주군이자 신(神)이라 할 수 있는 천마(天魔)였다.

천마의 싸움을 그들은 두 눈으로 지켜보고 있는 것이다.

그런 수하들의 열망을 가슴에 새기고 도현은 끊임없이 움직이고 또 움직이고 있었다.

전력으로 부딪쳐도 두 사람은 쉽게 쓰러지지 않는다.

"하……! 좋아! 이거야, 이거!"

진심으로 도현은 웃으며 외쳤다.

뒤를 생각하지 않고 자신의 전력을 다할 수 있는 싸움이 근래에 없었다.

자신의 모든 것을 쏟아낼 상대가 없다는 것은 강한 힘을 지닌 자에겐 큰 슬픔이다.

겉으로 표현하진 않았지만 도현 역시 그런 감정을 느끼

고 있을 때 두 사람이 눈앞에 나타났다.

모든 것을 쏟아 부어도 견뎌 낼 수 있다는 것에 도현은 기뻐하며 연신 공격을 토해낸다.

반대로 그것을 막아내고 있는 사독과 남궁선은 경악에 경악을 거듭하고 있었다.

강할 것이라 생각은 했지만 설마하니 이렇게까지 강할 것이라곤 생각지 못했다.

아니, 정확히는 자신들 두 사람이 동시에 공격하고 있음에도 불구하고 제대로 승기를 쥐지 못하고 있다는 사실에 경악하고 있었다.

서로 권신과 검신으로 불리는 두 사람이다.

아무리 눈과 팔을 하나씩 잃었다곤 하지만 그동안의 경험과 그 실력이 어디로 가는 것은 아니었다.

그럼에도 불구하고 한 사람을 제압하지 못하고 있다는 것은 실로 믿기지 않는 일이었다.

하지만 그보다 더 큰 문제는 따로 있었다.

혈교의 문제만 하더라도 머리가 복잡하고 힘이 모자란다. 그렇기에 천마신교와 손을 잡으려고 했던 것인데, 정작 천마신교는 혈교보다 더 위험한 상대였다.

그렇지 않아도 여우를 잡으려다 호랑이를 끌어들이는 것은 아닌지 걱정하고 있었건만, 기우가 현실로 변한 것이다.

스스로 천마라 칭할 때부터 강할 것이라 생각했지만 이 것은 상상 그 이상이었다.

'과연…… 과연 누가 있어 이자를 막을 수 있겠는가!'

'미쳤군. 미쳤어!'

두 사람의 머릿속이 암울해질 때쯤 도현은 이제 이 비무를 끝내기로 마음먹었다.

그와 함께 강렬한 기세를 드러내며 사방으로 비산하던 마기들이 순식간에 줄어들더니 강하게 응축하기 시작했다.

"이런…!"

낭패라 생각하며 몸을 뒤로 빼려는 두 사람.

그 찰나.

두 사람의 눈에 보였다.

세상이 검게 물들어가는 것을.

그리고 기억이 끊어졌다.

쓰러진 두 사람을 보며 도현은 가볍게 이마에 흐른 땀을 닦아 낸다.

"흠… 역시 아직은 완벽하게 통솔이 안 되는 건가?"

마지막에 사용한 것은 아직 완성하지 못한 새로운 무공이었다.

미완의 무공이지만 그 효과는…… 최강이었다.

"이제… 중원으로 움직일 때로군."

고개를 들어 중원이 있는 방향을 바라보는 도현의 눈이 강하게 불타오른다.

天魔飛上 3章.

3 章.

　"우린… 어쩌면 말도 안 되는 괴물을 끌어들인 것일지
도 모르오."

　"후…."

　남궁선의 말에 사독은 긴 한숨만을 내쉴 뿐 입을 열진
않는다.

　두 사람의 뒤로 우뚝 솟은 십만대산.

　이곳을 걸어 들어갈 때는 절경이라 생각했지만, 나가고
있는 지금에 이르러선… 그저 거대한 철옹성으로 밖에 보
이질 않는다.

　쉽게 무너지지 않을.

　거대한 철옹성 말이다.

"어쨌거나 영감은 놈에게 부탁받은 것이나 잊지 마시오. 상황이 어쨌건 간에 우선 몰아내야 하는 것은 혈교 놈들이니. 놈들이 더 설쳤다간 자칫 황궁에서 움직일 수도 있는 일이 아니오."

"음… 그러지."

사독의 말에 남궁선은 고개를 끄덕였다.

확실히 그의 말처럼 황궁이 움직인다면 그야 말로 최악의 상황이 될 수도 있는 문제이기 때문이다.

무림인들이 아무리 관과 별개의 세계처럼 살아가고 있다곤 하지만 결국 이 중원을 지배하고 있는 것은 황제이다.

황제의 눈 밖에 났다간 자칫 무림 자체가 사라질 수도 있는 문제였다.

아무리 무림인들의 실력이 뛰어나다곤 하나 백만이 넘는 군을 상대로는 어려운 일이다.

뿐만 아니라 황궁과 군부에도 무공을 익힌 자들이 많이 있었고, 그들 중엔 결코 얕볼 수 없는 절대의 경지에 이른 이들도 분명 있었다.

그럼에도 불구하고 황궁에서 무림을 내버려 두는 것은 득 될 것이 없기 때문이다.

무림인들의 씨를 말리고자 무력을 동원하면 큰 피해를 감수해야 하는데다, 자칫 외세의 침략을 부채질 할 수도 있는 중대한 사항인 것이다.

그냥 둔다고 해서 그들이 감시의 눈길까지 거둔 것은 아니고, 혈교처럼 패악을 연신 저지르며 움직일 경우… 황궁에서 움직일 가능성이 없지 않았다.

민심을 달래기 위해서라도 움직일 확률이 높다.

아니, 태평성대를 주창하며 정사에 힘을 쏟고 있는 현황제라면 분명 그러고도 남음이 있을 터였다.

"최대한 일을 서둘러 보지."

"일단 저놈들이 움직이기 전까지 최대한 전력을 보존하는 것이 우선이오. 기왕이면 이번 기회에 쓸만한 놈들을 추스르는 것도 나쁘지 않겠지. 여기서 동행은 끝이오, 영감!"

파앗!

말을 마침과 동시 뒤도 돌아보지 않고 몸을 날려 사라지는 사독을 지켜보던 남궁선 역시 금세 몸을 날려 사라진다.

❁

"저들이 생각처럼 움직여 주겠습니까?"

이 장로 월영마검(月影魔劍) 심태광의 물음에 도현은 자신의 자리에서 빙긋 웃기만 할 뿐 입을 열진 않는다.

그 모습을 보며 이 장로는 모든 것이 그의 뜻대로 움직일 것임을 깨달을 수 있었다.

그렇지 않고서야 저런 자신 있는 미소를 지을 수 없을 테니까.

집무실에 앉아 창 밖을 내려다보는 도현.

이틀 전의 격렬한 비무 탓인지 신교 전체가 크게 들떠있는 모습이었다.

도현 자신으로서도 온 힘을 쏟아 부을 수 있는 상대가 있었기에 좋았지만, 그보단 신교 무인들에게 천마로서의 위용을 보여주었다는 것이 제일 큰 소득이었다.

강할 것이다, 강할 것이다 생각은 하고 있었겠지만 그것을 바로 눈앞에서 보여준 것이다.

이로 인해 자신에 대한 충성심은 더욱 깊어질 것이고, 시간이 흘러 완벽하게 천마신교의 기틀이 세워지게 된다면 천마라는 이름 그 자체가 신교를 상징하는 기둥이 될 것이었다.

물론 당장도 도현 그 자체가 신교의 기둥이었지만, 그것과는 다른 특별한 의미가 새겨질 것이다.

이는 신교의 미래에 큰 영향력을 끼치며 신교가 오랜 세월 승승장구하는데 큰 도움이 되리라.

'생각보다 얻은 것이 더 많았어.'

가장 큰 이득은 머릿속을 채우고 있던 잡생각들이 사라

졌다는 것이다.

뿐만 아니라 앞으로 자신이 나아가야 할 길이 보였다는
것은 도현 개인에게 있어 최고의 소득이지 않을 수 없었
다.

그동안 정체되어 있는 것 같던 무공이 한 걸음 더 앞으
로 나아 갈 수 있는 길을 발견한 것이다.

"이번 비무로 인해 수하들이 크게 고양되어 있습니다.
뿐만 아니라 이전 보다 더욱 수련에 매진하는 이들로 연무
장이 부족할 지경이라고 합니다."

"좋은 일이지요. 그보다 중원으로 움직일 준비는 어떻
게 되어 가고 있습니까?"

도현의 물음에 이 장로는 잠시의 고민도 없이 즉시 대답
했다.

"준비는 이미 완벽하게 되어 있고, 언제든 명령만 내리
신다면 즉시 움직일 수 있을 정도입니다."

"철저히 준비하고, 또 준비해야 할 것입니다. 철저한 준
비만이 최소한의 희생으로 큰 이득을 얻을 수 있을 것입니
다. 어차피 혈교는 본교와 양립할 수 없는 자들. 기왕 싸워
야 한다면 중원 무림으로부터 많은 것을 얻어야 할 겁니
다."

"충분히 인지를 하고 준비하고 있습니다. 이를 위해 팔
장로가 밤낮구분 없이 열심히 뛰어다니고 있습니다."

이 장로의 말에 도현은 고개를 끄덕인다.

확실히 근래 팔 장로의 얼굴을 보기 어려울 정도로 그는 철저한 준비를 하고 있었다.

도현의 계획에 대해 미리 들은 상태이기에 자신의 머리를 최대한 사용하여 수많은 것들을 준비하고 있는 상태였다.

"남은 것은 백도맹주가 약속을 이행하는 것뿐. 그가 일을 처리하는 동안 혈교를 막아내는 것은 사황성주의 몫이 될 겁니다."

"중원 전역에 대한 감시를 게을리 하지 않고 있으니, 상황이 바뀌는 즉시 보고가 올라 올 것입니다."

"부탁드리지요."

도현의 말에 이 장로는 고개를 숙이며 집무실을 벗어난다.

홀로 남은 집무실에서 도현은 자신의 검을 뽑아 들고선 천천히 손질을 시작한다.

어느새 그의 몸에선 엄중한 기운이 흐르고 있었다.

❀

일단 움직임을 멈춘 혈교이지만 그들이 점령한 지역에서 벌이는 일은 쉽사리 납득 할 수 없을 정도로 잔인한 것들이었다.

아무리 무림인들끼리의 싸움이라 하더라도 이만한 피가 흐른 이상 관(官)에서 나설 수밖에 없는 문제다.

혈교 역시 이런 사실을 잘 알고 있었다.

언젠가는 관을 무시할 수 있을 정도가 되겠지만, 당장은 무림을 상대로 싸워야 하는 상황이기에 일부러 적을 늘릴 필요는 없다고 판단한 것이다.

이에 따라 혈뇌는 바쁘게 움직였다.

광서, 광동의 성주를 만나고 중요한 관직에 있는 자들과 쉬지 않고 만남을 가진다.

그 과정에서 어마어마한 자금이 투입되었음은 물론이고, 그들이 원하는 것들을 은근슬쩍 들어주는 듯 모든 역량을 동원하여 그들을 회유했다.

중원의 외곽이라 할 수 있는 곳이기에 그들을 회유하는 것은 어렵지 않은 일이었다.

황금에 눈이 먼 자들에겐 황금을 쥐어준다.

권력에 눈이 먼 자들에겐 권력을 쥐어준다.

보통의 귀족들에겐 이 두 가지 방법이 통한다.

하지만 한 사람이 문제였다.

광서성주 기태향.

"후…."

긴 한숨을 내쉬는 혈뇌.

그의 이름이 적힌 두터운 보고서.

혈교의 정보원들이 투입되어 광서성주의 약점을 비롯해 원하는 것이 무엇인지 알아오게 시켰지만 결국 얻어낸 것이 없었다.

지금 손에 들린 보고서의 대부분 내용은 그가 광서성주에 책봉된 이후 광서성에서 무엇을 한 것인지에 대한 내용이었다.

'알면 알수록 제대로 된 인물이라는 것을 알겠어. 이런 자가 황성에서 먼 이곳으로 왔다는 것은 두 가지로 생각할 수 있겠지. 권력 싸움에서 밀려났거나… 황제의 신임.'

단순히 권력에서 밀려난 것이라면 최악의 경우 그를 암살하는 것으로 일을 끝낼 수 있을 것이다.

문제는 황제의 신임을 얻고 있을 때다.

아무래도 이 부분은 황제와 그의 사이에 벌어지는 일이기에 결코 쉽게 알아내기 어려운 일이다.

황제의 신임을 얻고 있는 그가 암살을 당한다면 황제의 진노가 이어질 것이고 그 과정에서 불똥이 튀지 않으리란 보장이 없을 테다.

아니, 근래 혈교가 벌이고 있는 일을 생각한다면 반드시 황제의 검은 혈교를 향하게 되리라.

어쨌거나 지금까지 혈뇌 그가 본 광서성주는 불의에 타협을 하지 않으며, 자신의 신념이 굳건한 자였다.

지금까지 광서에서 혈교가 벌인 일에 대해선 그 밑의 관료들을 포섭함으로서 감추고 있었지만, 그것이 근본적인 해결책은 되지 않을 것이 분명했다.

시간이 있다면 충분한 시간을 들여서 그를 회유하겠지만… 지금 혈교에겐 그만한 시간이 없었다.

"아깝지만 어쩔 수 없나…."

짧게 혀를 차며 수하를 시켜 한 사람을 부른다.

잠시 뒤 그의 집무실로 아름다운 여인이 들어온다.

"부르셨습니까."

정중히 고개를 숙이는 여인.

혈뇌의 오른팔인 암영혈화(暗影血花) 화영이었다.

"환혈마뇌고(幻血魔腦蠱)는 어찌되고 있지?"

"죄송합니다. 무엇이 잘못되었는지 알 수 없으나 더 이상 만들어 내지를 못하고 있습니다. 마지막 단계에서 계속해서 죽고 있습니다. 아무래도 최대한 비슷하게 만든다고 했어도 환경이 바뀌었기 때문이지 않을까 하고 있습니다."

"으음… 처음부터 어려운 일이었으니 어쩔 수 없는 일이지. 남은 환혈마뇌고의 숫자는?"

"모두 셋입니다. 이송하는 도중 부주의로 인해 셋을 잃었고 남은 것은 이제 그것이 전부 입니다."

"아깝군. 그 중 하나를 준비해라."

"목표는 광서성주입니까?"

자신의 생각을 알고 있다는 듯 묻는 그녀를 보며 혈뇌는 웃으며 고개를 끄덕인다.

"그렇다. 아깝긴 하지만 시간이 부족한 상황이니 어쩔 수 없는 일이겠지."

"즉시 준비하도록 하겠습니다."

"부탁하마."

고개를 숙이며 방을 빠져나가는 혈화를 보고 있던 혈뇌의 시선이 다시 책상 위로 향한다.

"이제 시작이야…… 이제."

혈뇌가 머리를 쥐어짜는 동안 허독량은 수련에 매진하고 있었다.

피는 곧 힘이다.

온 사방에서 피가 쏟아지는 이때 수련을 하지 않을 수 없었다.

자신의 욕망을 위해서라도 더욱 수련에 열중하는 그다.

예전엔 죽기보다 수련하는 것을 싫어하는 그였지만, 지금은 달랐다.

자신에게 힘이 없다면 결코 자신이 원하는 것을 손에 쥘 수 없다는 것을 깨달은 것이다.

"후… 오늘은 이쯤 할까?"

길게 숨을 토해내며 한쪽에 걸어 놓았던 수건으로 얼굴을 닦는 허독량.

그의 뒤로 온 몸의 피가 사라진 채 죽어있는 수십 구의 시신이 나뒹굴고 있었다.

익숙한 듯 밖으로 나가자 곧 몇몇 무인들이 들어와 빠르게 시신들을 치운다.

자신의 집무실로 돌아오자 책상위에 올려져 있는 무수한 보고서들을 보고 잠시 얼굴을 찌푸렸지만 곧 자리에 앉아 하나하나 일을 처리하기 시작했다.

혈교의 소교주로서 혈교주가 모습을 드러내지 않은 지금 그가 처리해야 하는 일은 무수히 많았다.

천천히 시간을 들여 모든 서류를 처리한 그는 천천히 자리에서 일어섰다.

"이제 슬슬 움직일 때인가?"

지금까지는 성공적으로 중원 진출을 한 셈이지만 지금처럼 자리를 잡고 가만히 있기만 하는 것은 그의 성격에 맞지 않았다.

교주인 혈마가 올 때까지 기다려야 한다는 것이 혈뇌의 의견이었고, 거의 대부분의 수뇌들이 거기에 동의하는 바람에 더 이상 자리에서 움직이지 않고 있었다.

하지만 피를 본 혈교무인들을 계속해서 붙들어 두는 것은 불가능한 일이다.

벌써부터 내부적으로 불만의 목소리가 흘러나오고 있었다.

당연한 일이다.

당장이라도 폭발할 것 같은 힘을 가지고 있음에도 불구하고 밖으로 표출 할 수 없는 것이다.

이미 한 차례 경험을 한 뒤이기에 더욱 갈망하는 것이다.

"혈뇌는 사부가 돌아올 시간을 어떻게든 벌려는 것 같지만… 더 이상 그럴 수도 없겠지. 큭큭큭."

허독량은 왜 혈뇌가 시간을 벌려하는 것인지, 혈마가 왜 아직도 움직이지 않는 것인지 어느 정도 눈치를 채고 있었다.

자신의 손에 들어왔던 패마의 심장을 가져갔을 때부터 어느 정도 생각을 하긴 했지만, 생각대로 혈마는 패마의 심장을 아직 완전히 소화하지 못한 것이 분명했다.

그렇지 않고서야 그렇게 열망하던 중원으로의 진출에서 모습을 보이지 않을 수 없었다.

하지만 이것은 허독량에게 있어 기회였다.

혈마에게 충성을 다하고 있는 혈교 무인들을 자신을 따르게 만들 수 있는 절호의 기회 말이다.

당장 모두를 자신의 편으로 만드는 것은 어려운 일이지만 조금씩 늘려가는 것은 얼마든지 가능한 일이다.

'시간은 내편이다. 천천히 내 것으로 완벽하게 만들고야 말겠어.'

똑똑.

그때 문을 두드리며 한 사내가 안으로 들어선다.

준수하게 생긴 얼굴이지만 어딘지 모르게 모사꾼의 기질이 느껴지는 인상이다.

"혈화가 움직였습니다."

"목표는?"

"근래 혈뇌가 애를 먹고 있는 광서성주입니다. 환혈마뇌고를 이용할 것 같습니다."

"환혈마뇌고라… 혈뇌도 급했군."

웃으며 여유롭게 자리에 앉는 그.

혈뇌도 혈교 내부의 일에 대해 느끼는 것이 있을 테다. 그 결과가 그동안 움직이지 않고 있던 혈화가 움직인 것이다.

혈교의 입장에서 사황성과 백도맹이 움직일 수 있을 만한 여유시간을 주는 것은 결코 이로운 일이 아니었다.

물론 그만큼 안전장치를 걸어두긴 했지만 그것만 믿고 있을 수는 없는 일이니까.

"계속해서 감시해."

"예."

고개를 숙이며 방을 빠져나가는 사내.

그는 혈뇌가 꾸리고 있는 군사부의 중심인물로 허독량이 가장 먼저 포섭한 자였다.

허독량의 명령에 따라 혈뇌를 감시하고 그가 벌이는 일에 대해 알려온다. 욕심이 많은 그이기에 회유하는 것은 그리 어려운 일이 아니었다.

지금에 와선 군사부의 대다수가 허독량을 따르는 실정이었다.

"자… 언제 움직일 생각이냐?"

허독량의 시선이 건물 벽을 넘어 저 멀리 북쪽을 향한다.

天魔沃土 4章.

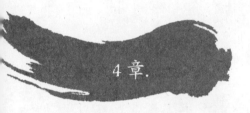

4 장.

사황성으로 돌아온 사독은 그 즉시 자신의 최측근들을
불러 모았다.

진심으로 자신의 등을 맡길 수 있는 자들로, 사황성을
세우는 그 순간부터 함께했던 이들이었다.

"이렇게 함께 이야기를 나누는 것이 얼마만이지?"

"몇년 된 것 같습니다."

"하하하, 그러게 말입니다. 덩치가 커지다 보니 이렇게
모두가 모이기 어려웠지 않습니까!"

사독을 중심으로 십여 명의 인물들이 자리에 앉아있었
다.

즐거운 듯 미소를 띠며 이야기를 하는 그들.

'벌써 그리 오래되었나?'

그동안 바쁘다보니 이렇게 한 자리에 모이는 것이 쉬운 일은 아니었다.

"자…… 그래서 성주께서 우리를 모은 이유는 무엇이오? 이 자리에 있는 형제들을 보아하니, 저쪽이 아닌 이쪽일 같긴 하지만 말이오."

"이번 기회에 다른 놈들 다 떨쳐내고 본래의 모습으로 돌아가는 건 어떻소, 형님?"

"이놈아! 형님이 아니라 성주님이라고 불러야 한다니까!"

"뭐 어떻소! 우리끼리 있는 자린데!"

자신들끼리 투닥거리는 이들을 보며 사독은 피식 웃었다.

함께 있으면 마음이 편해지고, 전장에선 등 뒤를 맡길 수 있는 든든한 지원군인 형제들이었다.

"자자, 다들 조용히. 오랜만에 성주… 아니, 대형께서 마련한 자리다."

사독의 바로 옆에 앉은 한 사람의 말에 모두들 입을 다문다.

"고맙다, 희곤아."

"아닙니다."

고개를 숙이는 그.

절검(絕劍) 곽희곤.

누구에게도 고개를 숙이지 않는 것으로 유명한 그의 모습을 누군가가 봤다면 놀라겠지만, 이 자리에선 당연한 일이었다.

어쨌거나 모두를 바라보며 사독은 천천히 입을 열었다.

혈교를 막기 위해 백도맹주인 남궁선을 만난 것에서부터 천마와의 비무까지.

지금까지 벌어진 모든 이야기를 쉬지 않고 전달하고 나서야 사독은 눈앞의 찻잔을 들었다.

이야기를 모두 들은 사람들은 벌어지는 입을 다물 수 없었다.

이 자리에 있는 이들은 사독의 평소 생활과 모습을 알고 있는 이들이었다. 특히, 남궁선을 가끔 만난다는 사실도 알고 있는 이들이기에 그를 만났다는 대목에선 놀라지 않았다.

정작 이들이 놀란 것은 바로 천마와의 비무였다.

천하 최강의 다투는 검신과 권신 두 사람의 합격을 멀쩡히 버텨내었을 뿐만 아니라, 상회하는 힘을 보였다는 천마.

믿을 수 없는 일이지만 사독의 말이니 거짓이 아니리라.

"그렇게 놀라고 있을 것도 없다. 내 생각이 정확하다면 제 힘을 완전히 사용한 것 같지도 않으니까."

"…위험하지 않겠습니까?"

많은 말이 응축되어 있는 절검의 물음에 사독은 당연하다는 듯 고개를 끄덕였다.

"이미 백도맹의 영감과 이야기를 끝냈다. 놈은 위험하다. 분하지만 나와 영감으로선 놈의 상대가 될 수 없어. 더 큰 문제는 놈을 견제 할 수 있는 후학이 없다는 사실이야. 놈은 젊다 못해 어리지."

"그 말은 혈교를 몰아낸다 하더라도 우리 사파, 아니 중원 무림 전체에 큰 영향을 끼칠 수 있다는 소리군요."

"틀림없이."

고개를 끄덕이는 사독을 보며 모두들 심각한 얼굴을 한다.

혈교를 몰아내고 시간이 흐르면 천마신교는 반드시 중원을 노리고 움직이려 할 것이다.

무림일통(武林一統)!

그것은 힘을 가진 자들의 꿈과 같은 욕심.

힘이 생긴 그 시점에서 노리지 않을 수 없는 것이다.

한 세력의 목표는 높을수록 좋은 것이고, 그것이 현실로 다가온다면…… 움직이지 않고선 안 될 상황에 처하게 된다.

"이래선······ 차라리 예전이 그리울 정도로군요."

"그러게 말이다."

절검의 말에 쓰게 웃는 사독.

예전이라 함은 천마성이 멀쩡하고 패마가 살아있을 때를 가리키는 말이다.

적어도 그때는 절묘한 힘의 균형을 유지하며 중원 무림에 나름의 평화를 가져왔었으니까.

당시엔 사황성도 사소한 문제는 있지만 충분한 힘이 있었지만, 지금의 사황성엔······ 더 이상 그런 힘이 남아 있지 않았다.

그런 것들을 생각하면 속이 쓰리지만 이미 벌어진 일이다.

다시 되돌리기엔 너무 늦은 것이다.

"자······ 이쯤이면 생각들은 다들 정리되었겠지? 그리고 그 생각이라는 것이 아마 천마신교와 천마는 위험하다는 것일 테지."

사독의 물음에 모두들 고개를 끄덕인다.

당연한 일이었다.

무엇보다 천마를 막을 수 있는 후학이 없다는 것이 가장 두려운 일이었다.

그런 사람들의 표정을 보며 사독은 얼굴을 굳히며 입을 열었다.

"아직 벌어지지 않은 일들은 뒤로하고, 당장 중요한 것은 혈교를 막아내는 것이다. 혈교의 존재 자체가 본성의 세력을 갉아먹다 못해 사파의 존재 자체를 뒤흔들어 버릴 수 있는 것이니."

"음…… 그렇지요. 하지만 당장으로선 방법이 없지 않습니까? 내부적으로 저리들 시끄러워서야……."

절검의 이야기에 모두들 고개를 끄덕이며 그동안 가졌던 불만을 토해낸다.

그 이야기를 사독은 귀찮다 여기지 않고 하나하나 귀담아 들었다.

한참 끝에 이야기가 끝난 듯 하나 사독은 다시 입을 열었다.

"영감이 놈과의 약속을 지키는 동안 우리는 혈교 놈들에 대응하기 위한 힘을 모아야 한다."

"하지만 지금 우리한테 무슨 힘이 있다고… 다들 눈치만 보고 있지 않소, 형님."

"그렇지. 하지만 다르게 생각한다면 이번 기회에 우리 사람들을 걸어 낼 수 있는 절호의 기회가 아니겠느냐."

"그 말씀은……?"

눈을 빛내며 묻는 절검.

"이번 기회에 불필요한 가지를 쳐내야 하겠지."

그 말에 모두들 무슨 이야기인지 알아들었다는 듯 웃는다.

사독 역시 웃었다.

당장 사파의 세력이 축소된다 하더라도 미래를 향해 제대로 움직일 수 있는 이들을 꾸려낼 계획이었다.

그렇게 사독이 움직이고 있을 때 남궁선 역시 은밀하게 움직이고 있었다.

"현재 맹주님을 따르는 세력은 청룡대(靑龍隊)를 제외하곤 어떤 곳도 믿을 수 없습니다."

남궁후의 말에 남궁선은 쓰게 웃었다.

정파 전체를 아우르는 거대한 세력인 백도맹.

백도맹의 맹주인 자신의 뜻을 따르는 것이 겨우 청룡대 하나 밖에 없다는 사실이 우습다.

하지만 그것이 현실이고, 이들이라도 있다는 것이 지금 얼마나 다행인지 모른다.

그리고 그 중에서도 가장 믿을 수 있는 것은 바로 눈앞의 남궁후였다.

남궁선 그에게 비장의 한 수가 있다면 바로 남궁후다.

"그 외에도 개인적으로 믿을 수 있는 이들이 있기는 합니다만, 그리 많지는 않습니다. 허나, 분명한 것은 아직 백도맹에 맹주님을 따르는 세력이 남아 있다는 것입니다."

자신을 위로하는 듯한 남궁후의 말에 남궁선은 웃으며 고개를 저었다.

"그것 밖에 남질 않은 것이겠지. 정파를 한 데 묶는 것이 내 역할인데, 그것 밖에 남지 않았다는 것은 내가 일을 잘 못했다는 뜻이다."

"맹주님의 잘못이 아닙니다."

"상황이 어찌되었건 내 잘못이지. 그보다 아직도 구파일방과 오대세가, 중소방파의 눈치 싸움은 여전한 모양이로군."

"…이전 보다 더 심합니다. 얼마 전까지는 그래도 회의에는 참석을 했습니다만, 지금은 어느 쪽도 회의에 참석을 하지 않고 있습니다. 특히, 중소방파의 경우 이번 기회에 아예 독립된 세력을 세우려고 하는 것 같습니다."

"으음… 구파일방과 오대세가가 가만히 있지 않을 텐데?"

"자신들의 기득권이 걸려있는 만큼 양쪽 모두 막으려고 할 겁니다. 하지만 중소방파들의 입장에서도 이번에 일어서지 못하면 영원히 구파일방과 오대세가에 눌려 살아야 한다는 점을 인식하고 있는 만큼 필사적일 것이라 생각됩니다."

남궁후의 보고에 남궁선은 눈을 감고 고민에 빠져든다.

백도맹은 사실상 찢어졌다고 보는 것이 옳다.

그저 혈교의 준동으로 인해 겨우겨우 그 명맥을 유지하고 있을 뿐이니.

이런 상황에서 천마와의 약속을 이행 할 수 있을 것인지에 대한 의문까지 일어날 정도다.

본래라면 당장이라도 장로들을 소집하여 이번에 있었던 일을 털어 놓아야 하겠지만, 그랬다간 일의 경중을 가리지 않고 득달 같이 달려들어 자신을 맹주의 자리에서 끌어 내리려 할 것이 분명했다.

'이 자리에 미련이 있는 것은 아니지만, 그리 된다면 정파의 미래는 없어지는 것이나 마찬가지겠지. 혈교나 천마신교가 문제가 아니야….'

지금 가장 두려운 것은 자중지란(自中之亂)이다.

스스로 무너져 버린다면 그보다 허무할 수 없을 테니까.

하지만 반대로 지금 자신이 해야 할 일은 명쾌하다.

"검각주는 지금 어디지?"

"행방이 묘연한 검후를 제외하고 외부로 나온 주요 인사는 없는 것으로 파악하고 있습니다."

"청룡대주를."

"예."

남궁선의 명령에 고개를 숙이고 방을 나가는 그.

잠시 뒤 남궁후가 한 사내와 함께 방으로 돌아온다.

어떠한 특징도 없는.

길가다가 마주친 사람과 같은 인상을 풍기는 특이한 이.

몸에서 느껴지는 기세조차도 평범 그 자체다.

하지만 그렇기에 무서운 자였다.

광혈검(狂血劍) 우주학.

별호와 같이 피를 보면 미치는 자다.

다시 말해 피를 보기 전에는 지금과 같은 모습을 유지한다는 것이다.

청룡대주란 자리에 어울리는 실력을 가지고 있는 것은 두말할 필요도 없다.

당당히 정파에서 한손에 꼽히는 강자로 인정받고 있는 것이 바로 광혈검이었다.

피를 보면 자신 스스로를 주체하지 못하는 감정적 약점이 있기는 하지만 그 실력만큼은 진짜였다.

백도맹 안에서도 큰 자리에 앉을 수 있었지만 남궁선의 실력에 반하여 스스로 무릎을 꿇고 남궁선의 휘하에 들어온 독특한 인물이기도 했다.

"부르셨습니까."

정중히 고개를 숙이는 그에게 남궁선은 자리에 앉히곤 말을 시작했다.

"지금 본맹의 상황이 그리 좋지 않다는 것은 잘 알고 있을 것이네."

"절망적인 상황이지요. 하지만 청룡대만큼은 맹주님을 따르며, 목숨을 받칠 준비가 되어 있습니다."

"고맙네."

곧은 시선으로 바라보며 말하는 그에게 남궁선은 진심
으로 감사를 표하며 본론을 꺼내들었다.

　"검각주를 만나보고 싶네. 될 수 있다면 비밀리에."

　"제가 해야 할 일은 무엇입니까?"

　당연하다는 듯 단호히 대답하는 그를 보며 남궁선은 웃
으며 자신의 계획을 털어놓는다.

　　　　　　　　　　　◐

　천마대전이라 이름이 붙은 거대한 전각이 신교에는 존
재한다.

　수백의 인물을 한 번에 수용하며 회의를 벌일 수 있는
곳으로, 당장은 이곳에 들어 설 수 있는 인물이 그리 많
지 않지만 시간이 흐를수록 이곳에 들어올 수 있는 자격
을 가진 자들이 많아질 것을 예상하여 크게 만든 곳이었
다.

　하지만 천마대전의 가장 큰 역할은 신교의 방향을 결정
하는 자리라는 것이다.

　다시 말해 이곳에서 벌어지는 회의는 곧 신교의 미래로
이어지는 곳이다.

　그런 장소이니 만큼 천마대전은 천마각에 버금갈 정도
로 화려하고 크게 지어져 있었다.

그런 천마대전의 문이 활짝 열리고 자격이 되는 자들이 모여들었다.

겨우 일백 정도 밖에 되지 않지만 이들이야 말로 신교의 중추라 할 수 있는 자들.

대전의 상석에 만들어진 화려한 태사의를 중심으로 반원을 그리며 만들어진 회의장에 각자 자신의 자리를 찾아 앉는다.

의자는 없다.

있는 것은 바닥에 놓여진 푹신한 방석뿐.

하지만 누구하나 불만을 토하지 않고 자리에 앉는다.

그리고 잠시 뒤 장로들이 들어서고 가장 마지막으로 징 소리와 함께 천마가 안으로 들어섰다.

"천마를 뵙습니다!"

일제히 자리에 일어났던 이들이 동시 무릎을 꿇으며 외친다.

대전이 울릴 정도로 큰 소리에 온 몸이 쩌릿하지만 도현은 아무렇지 않은 듯 고개를 끄덕이며 태사의에 앉는다.

화려하면서도 평하게 만들어진 태사의.

처음엔 어색했지만 이젠 익숙하다.

'언제부터 이게 익숙해진 건지……'

스스로 생각해도 재미있는 듯 잠시 웃은 도현은 금세 굳은 얼굴로 입을 열었다.

"자리에 앉도록."

웅웅-.

내공이 실린 그의 말은 대전을 가득 메우고 모두가 자리에 앉는다.

어느새 도현의 몸에선 절대자만이 가질 수 있는 자연스러우면서도 묵직한 기세가 뿜어져 나오고 있었다.

일부러 기를 흘리는 것이 아니었다.

절대자만이 가질 수 있는 독특한 기운.

그것이 도현에게 흐르고 있는 것이다.

자연스럽게.

자리에 앉은 이들을 하나하나 살펴보는 도현. 장로들과 같이 익숙한 얼굴도 있지만, 대부분은 새로운 얼굴들이었다.

도현이 그동안 배포한 무공을 익히며 그 실력을 인정받아 이 자리에 들어올 권리를 쟁취한 자들이었다.

새로운 얼굴이 많다는 것은 곧 신교의 힘이 점점 강해지고 있다는 뜻이다.

다시 말해 자신이 하고 있던 일이 잘못되지 않았음을 나타내는 것이라 봐도 괜찮을 정도다.

"은밀히 움직일 사람이 필요하다."

웅성웅성.

도현의 말이 들썩이는 대전.

곧 도현이 가볍게 손을 들자 금세 조용해진다.

"가볍게 인사할 필요가 있겠지. 혈교 놈들에게."

우웅-.

도현의 몸에서 터져 나오는 강렬한 마기.

그에 맞춰 자리에 앉은 이들의 몸에서 강렬한 기세가 뿜어져 나오기 시작했다.

이 말이 무엇을 뜻하겠는가?

마침내 침묵을 끝내고 신교가 비상하겠다는 선언과도 같은 말이다.

물론 은밀히 움직여야 한다는 점이 마음에 들진 않지만 그것은 명령을 받는 입장에서 아무래도 좋은 일이었다.

중요한 것은 마침내 칼을 뽑아 든다는 것이니까.

맡겨달라는 듯 강렬한 기세를 뿜어내는 이들을 보며 도현은 만족스런 미소를 짓는다.

누구하나 피하려는 자가 없다.

오히려 자신에게 맡겨달라는 듯 적극적으로 자신을 표현하고 있었다.

굳이 비밀리에 전달해도 될 일을 천마대전을 열어 공표한 것은 이런 모습을 보고 싶었기 때문이었다.

스윽.

그때 도현의 시선이 한 사람을 향했다.

"네게 부탁하지."

"존명!"

고개를 숙이며 대답하는 사내.

신월마검(新月魔劍)으로 불리는 도우혁이었다.

바로 얼마 전까지 폐관에 들었던 그가 마침내 돌아온 것이었다.

도현에게 있어 가장 믿을 수 있는 사람이 있다면 바로 우혁이었다.

게다가 실력도 빠지질 않으니 이런 은밀한 임무를 맡기는데 있어 최고의 상대였다.

폐관에서 나온 지 얼마 되지 않았기에 당장 맡고 있는 임무도 없으니, 더더욱 좋은 일이었고 말이다.

"인원은… 지옥만마대(地獄萬魔隊)에서 오백을 데리고 가는 것으로 하지."

"존명!"

지옥만마대주가 즉시 대답을 한다.

이번 임무의 책임자는 우혁이 되겠지만, 그를 따를 수하를 선별하는 것은 지옥만마대주의 임무이다.

천마가 직접 지시하는 일이니 만큼 최고의 실력을 가진 이들을 선별해야 할 것이었다.

"이번 일은 간단하면서도 어려운 일이다. 집안에 틀어박힌 놈들을 밖으로 끄집어내는 일이니까. 손을 잡기로 했다지만 지금 같은 상황에선 본교에 큰 이득이 없는 일이니, 적절히…… 손을 쓰는 것이 좋겠지."

도현의 말에 모두들 고개를 끄덕인다.

이미 지난번 일과 관련해선 신교 전체에 공표된 상황이기에 사황성, 백도맹과 손을 잡는다는 것을 모르는 사람은 없다.

개인적인 원한이 있는 이들이 다수 있었지만 개인의 감정보다 우선시 되는 것이 천마의 명령이다.

다들 마음속 깊이 간직하고 있을 뿐 표하질 않는 것이다.

어쩌면 이런 점이 천마신교가 앞으로 더욱 무섭게 발전할 수 있는 원동력이 될 지도 몰랐다.

도현 역시 마찬가지였다.

두 세력에 앙심이 없는 것은 아니지만 그보다 큰 원한을 갚기 위해 참아낸 것이다.

물론 얻어 낼 것은 얻어내었지만.

여기에 추가로 약간의 이득을 더 얻어내는 것은 그리 나쁘지 않은 선택이 될 것이었다.

"준비가 되는 대로 떠나도록. 자세한 설명과 계획은 군사에게 듣도록."

"존명!"

말과 함께 자리를 뜨는 도현.

그와 함께 모두의 시선이 군사인 사공준허에게 향했고, 그에 사공준허는 어쩔 수 없다는 듯 회의장으로 자리를 옮기게 했다.

천마대전에서 천마가 일어섰으니 더 이상 이곳에 있을 수 없기 때문이다.

크지 않은 회의실에 사람들이 가득 들어찼다.

가장 선두에 장로들과 이번 일을 책임져야 할 우혁이 자리를 하자 사공준허가 벽에 걸린 거대한 중원 지도를 사리키며 설명을 시작했다.

"이번 계획의 진정한 목표는……."

　　　　　　　　　❦

부엉— 부엉!

푸드득!

밤새들이 어둠을 모르는 듯 날아다니는 숲.

그 숲에 동화되어 있는 수백의 인원이 있었다.

흑의 등으로 철저하게 몸을 가리고, 외부와 동화되어 기운을 내보이지 않는 자들.

이런 기술을 선보이기 위해선 어지간한 실력으론 되지 않으니, 그 자체만으로 이들이 뛰어난 고수임을 알 수 있다.

스슥.

작은 인기척과 함께 산을 빠르게 넘어온 한 사내가 한 사람에게 접근한다.

큰 나무의 밑 둥에 가부좌를 틀고 앉은 사내, 도우혁이
었다.

"움직임은?"

"조용합니다. 평소와 같은 모습을 보이고 있습니다."

"주변은?"

"역시 같았습니다."

사내의 보고에 우혁은 고개를 끄덕이며 눈을 감았고, 그
는 고개를 숙이곤 자리에서 물러선다.

신교를 벗어난 우혁이 지옥만마대의 정예를 이끌고 귀
주까지 내려온 것이다.

모든 것이 천마인 도현의 계획에 의해서였다.

'나환문. 일천의 제자를 두고 있는 큰 규모의 문파이지
만, 얼마 전 사황성에서 혈교로 적을 옮긴 곳으로 문주 이
하 수뇌부는 제법 강하지만 제자들 수준은 그리 뛰어나지
않다고 했었지….'

이곳에 오기 전 읽었던 보고서의 내용을 떠올리며 눈을
뜬 우혁이 하늘을 바라본다.

밤하늘에 떠 있는 반월(半月).

바람도 잠잠하고 구름도 그리 많지 않다.

정체를 완벽하게 감추려 한다면 그리 좋은 날씨는 아니다.

아무리 흑의로 모습을 감춘다 하더라도 이런 날에는 의
외로 밤에도 잘 보이는 법이니까.

하지만 오히려 정체가 어느 정도 발각되는 것이 좋은 자신들에게 있어, 이런 날씨는 큰 도움이 될 것이다.

"모여라."

스스슥.

우혁의 말과 함께 그의 앞으로 다섯 사람이 일제히 모습을 드러낸다.

지옥만마대 오백 명을 각기 백 명씩 이끌고 있는 조장들이다.

사실 일반적인 무림의 논리를 따르자면 이들은 조장(組長)이 아닌 대주(隊主)가 되어야 하는 것이 옳았고, 지옥만마대 역시 대(隊)가 아닌 단(團)이 되는 것이 맞다.

지옥만마대의 전체 인원이 일천 명이나 되는 상황이니 더욱 그러하다.

그럼에도 불구하고 신교에서는 대로 구분하고 있었는데, 이는 신교의 모태라 할 수 있는 천마성의 구성을 그대로 이어 받았기 때문이기도 하지만 지금보다 훨씬 더 규모가 커졌을 때를 대비하기 위함이기도 했다.

당장 신교의 규모가 작은 편은 아니지만 앞으로 더욱 발전할 것이 분명하니, 훗날 새로운 이름으로 불리길 기대하며 이렇게 묶어버린 것이다.

물론 도현의 생각처럼 되질 않아 먼 훗날까지 신교는 지금의 구성을 그대로 이용한다.

일종의 전통이라 생각하며.

어쨌거나 이것은 훗날의 이야기고 조장으로 불린다고 하지만 그들의 실력은 무림 어디에 내놔도 손색이 없는 자들이다.

그런 자들이 눈을 빛내며 우혁의 앞에 모인다.

"정확히 일각 후 움직인다. 준비를 하도록."

"명!"

짧은 대답과 함께 사방으로 흩어지는 조장들.

잠시 뒤 조용하던 숲이 조금씩 움직이기 시작했다.

본격적인 싸움 준비에 들어간 것이다.

우혁 역시 자리에서 일어나 천천히 몸을 움직이기 시작했다.

'폐관을 끝내고 첫 일이니 만큼… 제대로 해야 하겠지.'

도현에게 도움이 되기 위해서라도 우혁은 이번 일을 성공적으로 완수 할 것임을 다시 한 번 다짐했다.

우혁은 잊지 않고 있다.

신교의 일 장로 자리가 아직까지도 공석인 이유를 말이다.

나환문의 당대 문주는 사환권이라 불리며 귀주십대고수

중의 일인의 자리에 있는 우문관이란 자였다.

비록 귀주 한정이라고는 하나 십대고수의 자리를 차지하고 있는 만큼 제법 강한 실력을 지니고 있는 자였다.

준수한 외모에 탄탄한 육체를 가지고 있으며, 나름 뛰어난 머리를 이용하여 나환문의 성세를 이끌어가고 있는 인물이었다.

그렇기에 사황성에서도 나름 중용을 하며 그를 밀어주고 있었지만, 애석하게도 혈교의 등장과 함께 그는 사황성에서 등을 돌렸다.

우문관은 욕심이 많은 자였다.

또한 정세를 읽는데 눈이 밝은 자였기에 혈교에 꼬리를 흔드는 것은 당연한 결과라 할 수 있었다.

특히 우문관은 여자를 유별스러울 정도로 좋아했는데, 혈교에서 충분히 그를 만족시켜주었기에 더욱 그러할지도 몰랐다.

"하악!"

기묘한 숨을 토해내며 쓰러지는 여인.

온 몸을 땀으로 도배하며 쓰러진 여인의 등을 만족스러운 듯 쓰다듬은 우문관은 자리에서 일어섰다.

그는 하룻밤에도 여러 여자들과 즐기는 것을 좋아하는지라, 이대로 다른 여인이 기다리고 있는 방으로 옮겨갈 생각이었다.

벌거벗은 채였지만 굳이 밖으로 갈 필요 없이 문 하나를 두고 바로 옆방에서 대기하고 있는 채였기에 음욕으로 가득한 얼굴로 문을 열려던 그 순간이었다.

땡땡땡—!

"적이다!"

"크아악!"

"막아라!"

사방에서 요란스런 소리와 함께 들리는 수하들의 비명에 우문관은 재빨리 바닥에 흩어져 있던 옷을 대충 걸쳐입고 밖으로 뛰어나간다.

이렇게 소란스러울 정도라면 일이 터져도 큰 일이 터진 것이기 때문이다.

쾅!

"무슨 일이냐!"

문을 박차며 외치자 때마침 이곳으로 달려오고 있던 나환문의 총관이 사색이 된 얼굴로 외쳤다.

"사, 사황성입니다! 놈들이 본문을 공격하고 있습니다!"

"뭐?! 이, 이놈들이!"

깜짝 놀라면서도 분노하는 그.

언젠가 사황성이 움직일 줄은 알았지만 설마하니 이런 시기에 움직였을 것이라곤 생각지 못했다.

재빨리 소란이 벌어지고 있는 정문 쪽으로 향하자 이미

나환문의 모든 제자들이 밖으로 나와 치열한 싸움을 벌이는 중이었다.

"아직 뚫리진 않았구나."

"오셨습니까!"

일제히 고개를 숙이는 제자들의 인사를 대충 받으며 물었다.

"상황은?"

"좋지 않…."

푸욱!

대답을 하려던 제자의 심장이 꿰뚫리며 쓰러진다.

"누……!"

푹.

소리 지르려던 우문관의 마혈을 짚는 흑의 사내.

그의 등장과 함께 비명소리가 온 사방에서 터져 나오고, 코를 찌르는 피 냄새가 가득 피어오른다.

"나환문주 맞나? 운이 없다고 생각해라."

차가운 말과 함께 그의 손에서 펼쳐지는 익숙한 검식하나.

'세검문의……!'

서컥!

목이 떨어져 바닥을 구른다.

귀주의 십대강호라 불렸던 자의 최후 치곤 너무나 쓸쓸

한 모습이지만 사내는 조금도 개의치 않는다.

"서둘러라."

"명!"

그러고 보니 흑의를 입은 사내들이 펼치는 무공은 하나같이 세검문의 검술이었다.

세검문은 나환문과 같이 사황성에 적을 두고 있던 문파였지만 나환문과는 대립하고 있던 곳으로, 아직까지도 사황성에 적을 두고 있는 곳이었다.

"생각보다 더 일이 쉽군."

말과 함께 답답한 듯 복면을 살짝 벗는 사내.

우혁이었다.

나환문을 공격한 것은 우혁과 지옥만마대의 고수들이었다.

정체를 감추며 혈교를 도발하기 위해 군사인 사공준허가 짜낸 계략 중 하나를 우혁은 실행하고 있었다.

서로 앙숙이었던 만큼 의심스러운 점이 있더라도 믿지 않을 수 없으리라.

게다가 서로 양립할 수 없는 사황성과 혈교이니 만큼 세심한 조사보다는 곧장 충돌을 일으킬 수도 있다는 것이 군사의 의견이었다.

'이제 시작일 뿐이지.'

아직도 우혁이 해야 할 일들은 수도 없이 남았다.

말 그대로 이제 시작일 뿐이다.

"끝났습니다."

"다음 목표는?"

"혈선문입니다."

"가자."

짧은 말과 함께 먼저 몸을 날리는 우혁.

그의 뒤로 지옥만마대의 무인들이 따른다.

모두가 떠난 자리 잔인하게 쓰러진 나환문의 시신과 코를 찌르는 피 냄새만이 나환문을 가득 채운다.

天魔天上 5章.

5 章.

스윽-.

눈앞을 가리고 있던 검은 천이 떨어져 나가자 밝은 빛이 보인다.

갑작스런 빛에 얼굴을 찡그리지만 금세 익숙해진 것인지 곧 주변을 둘러보는 여인.

"맹주의 초대치고는 무례하군요."

"죄송합니다."

고개를 숙이는 사내.

청룡대주 광혈검(狂血劍) 우주학이다.

맹주의 명령을 받은 그가 은밀히 검각주를 약속된 장소까지 데리고 온 것이다.

누구에게도 알려지지 않은 은신처이기에 검각주에게 양해를 구해 그녀의 눈을 가리고 이곳으로 데려 온 것이다.

보자고 해놓고선 어딘지도 모르는 곳에 데리고 온다는 것은 명백히 예의에 벗어나는 일이지만 이번 일의 중요성과 사람들의 눈을 피하기 위해선 어쩔 수 없는 일이었다.

검각주인 그녀 역시 자신을 데려가기 위해 은밀히 찾은 사내가 청룡대주가 아니었다면 응하지 않았을 터였다.

맹주의 명령이 없다면 결코 움직이지 않는다고 알려진 것이 바로 청룡대였으니까.

"아직 맹주께선 안 오신 모양이로군요."

"곧 오실 것…… 오셨습니다."

수하의 전음으로 방금 맹주가 도착했다는 보고를 들은 그는 검각주에게 고개를 숙인 뒤 자리를 비웠다.

잠시 후 맹주가 방으로 들어오고 문은 닫혔다.

두 사람 만의 공간이 만들어진 것이다.

"오랜만에 뵙습니다."

"오랜만이네."

정중히 고개를 숙이는 검각주를 보며 고개를 끄덕이며 맞은편에 앉는 남궁선.

"늙은이 하나 때문에 불편한 자리를 갖게 해서 미안하네."

"아닙니다."

남궁선의 사과에 검각주가 마주 고개를 숙인다.

아무리 그녀가 검각주라 하더라도 상대는 남궁선이다.

백도맹주이자 무림 최강으로 평가 받는 사내인 것이다. 비록 팔 하나를 잃었다곤 하지만 그가 가지는 위상은 가히 무시할 수 없는 것이었다.

결정적으로 남궁선의 배분은 그녀보다 월등히 위에 있었다.

약간의 가벼운 대화가 오간 뒤 남궁선은 조심스럽게 본론을 꺼내 들었다.

"이렇게 비밀스럽게 검각주와 자리를 마련한 것은 다른 이들의 눈에 띄어서 좋을 것이 없기 때문이네. 현재 본맹의 상황이 어떠한 것인지는 검각에서도 잘 알고 있을 것이라 생각하네."

"어느 정도는요. 그렇지 않아도 이곳저곳에서 찾아오는 통에 알기 싫어도 알 수밖에 없었죠."

"그렇겠지. 어쨌건 지금 맹의 상황은 최악이라 여겨도 될 정도이네. 이런 상황에서 혈교의 준동을 막아 낸다는 것은 불가능한 이야기지. 문제는 그런 상황을 알면서도 맹의 분열을 막는다는 것이 쉽지 않다는 것이야."

"이런 이야기를 하신다는 것은 본각에 원하시는 것이 있는 모양이로군요."

"음……."

고개를 끄덕이며 남궁선은 사독과 함께 천마신교를 찾아간 것과 그곳에서 벌어졌던 일들에 대해 설명했다.

이야기를 듣고 있던 검각주의 얼굴이 창백해진다.

설마하니 검각을 떠난 검후가 그곳에 있을 줄은 꿈에도 상상하지 못했던 것이다.

정파란 이름을 내걸고 성장한 검각이다.

그런 검각 최강의 검이 신교에 합류해 있다는 것은 검각의 근원을 무너트릴 수도 있는 최악의 사건인 것이다.

그런 그녀의 심정을 알기에 남궁선은 천천히 이야기 속도를 조절했다.

"그, 그렇다면 지금 검후는… 본각에서 나갈 것을 마음먹었다는 이야기로군요."

"그렇게 들었네. 이미 자신의 절기를 비연…… 이라고 했나? 그 아이에게 전수하고 있다고 하네. 뿐만 아니라 파문을 당하면서 겪을 모든 고통을 감수 할 것이라는 말도 덧붙이더군."

"……."

벌어지는 입을 다물지 못하는 검각주.

설마하니 검각을 더욱 크게 성장시킬 것이라 생각했던

검후가 검각을 배신 할 것이라곤 상상치 못했다.

그리고 그 길이 마도의 하늘이라는 천마신교로 이어지고 있을 줄은 더더욱 예상치 못했다.

그녀의 입장에선 도저히 믿을 수 없는 일이었다.

하지만 믿지 않을 수도 없는 것이 다른 사람도 아닌 백도맹주인 남궁선이 하는 말이다.

맹주인 그가 거짓을 말할 이유가 없는 것이다.

뒤를 이어 지금 맹이 처한 상황과 반드시 신교를 끌어들여야 하는 이유를 들었지만, 정작 마음에 와닿는 것은 거의 없었다.

그만큼 검후가 검각을 나가려는다는 사실이 충격이었던 것이다.

그것을 눈치 챈 남궁선은 결국 씁쓸하게 웃으며 자리에서 일어섰다.

"오늘은 더 이상 이야기를 할 수 없겠군. 이곳에서 쉬고 내일 다시 보도록 하지."

그 말과 함께 밖에서 광혈검이 들어와 그녀를 숙소로 안내한다.

하지만 그런 상황 속에서도 검각주는 제 정신을 차리지 못하고 있었다. 아무래도 본래 정신으로 돌아오려면 시간이 걸릴 것 같았다.

"어려운 일이지⋯⋯."

혀를 차며 자리에서 일어서는 남궁선.

그에게도 시간은 많지 않았다.

'녀석은 눈치 채지 못한 것 같지만… 그 아이가 이대로 넘어 갈 리가 없어. 심한 짓은 하지 않겠지만 어떻게 해서든 약간의 복수는 하고 싶겠지.'

신교를 떠나는 날 마지막으로 본 도현의 눈에서 그런 기색을 알아차린 남궁선의 마음은 바빴다.

한시라도 빨리 대비를 해야 최소한의 희생으로 일을 끝낼 수 있기 때문이었다.

다만 알면서도 사독에게 이야기를 하지 않은 것은, 그의 성격을 생각한다면 이번 계획을 무산 시킬 수도 있기 때문이다.

뿐만 아니라 당장 손을 잡았다곤 하지만 기본적으로 서로 적이니 만큼 굳이 알려줄 필요가 없다 여긴 것이다.

어떤 상황에서도 적은 적일뿐이다.

오랜 세월을 살아온 남궁선이기에 내린 결론이다.

결국 두 사람이 다시 얼굴을 마주 한 것은 무려 삼일이 지난 뒤였다.

어느 정도 마음을 정리한 듯한 검각주를 마주하며 남궁선은 천천히 말문을 열었다.

"이제 어느 정도 생각이 정리 되었다면 본론을 이야기

하지. 우선 이것은 백도맹 전체의 의견이 아닌 나 개인의 의견이라는 것을 참고해주시게."

"어느 정도 짐작은 하고 있습니다."

"검각에는 안된 말이지만 대의를 위해 그녀를 풀어 주었으면 하네."

"……."

"쉽지 않은 일이라는 것을 알고 있네. 하지만 그들의 도움 없이는 결코 정파의 맥을 살릴 수 없네. 혈교의 힘에 대해선 검각에서도 잘 알고 있지 않는가? 아니면 아직도 헛된 꿈에 부풀어 사는 자들처럼 혈교가 만만해 보이는 것인가? 결코 그렇지 않네."

"알고 있습니다. 하지만 그녀는 검후입니다. 본각의 모든 비밀을 알고 있다고 해도 과언이 아닙니다. 그런 그녀의 파문은 본각에 큰 문제를 끼치게 될 것입니다."

"그렇겠지. 하지만 그는 말했네. 목숨을 제외한다면 어떤 조치라도 달게 받아들이겠다고. 나는 이번 이야기의 핵심이 거기에 있다고 생각하네."

남궁선의 말에 검각주는 얼굴을 찌푸리면서도 자리에서 일어서지 못했다.

사실 검각의 입장만 생각한다면 이 이야기는 더 들어볼 가치도 없다.

일반 제자도 아닌 검후다.

검각 무공의 모든 것을 알고 있다고 해도 과언이 아닌 그녀를 외부에 풀어 줄 이유가 조금도 없었다.

여기에 검각의 오랜 역사에서도 검후가 파문을 당한 사실은 단 한 번도 없었다.

뿐만 아니라 그녀의 재능은 진짜였다.

그것을 생각한다면 지금 천마와 함께 있다는 사실은 검각주가 나서서 덮어놓아도 될 일이었다.

그만큼 검각에서 검후에게 거는 기대라는 것은 이루 말할 수 없는 것이니까.

머릿속에선 연신 더 이상 들어도 득이 될 이야기가 없다는 것을 알고 있지만, 자리를 벗어나지 못하고 있는 것은 남궁선이 이야기한 정파의 맥을 살려야 한다는 이야기에 공감하고 있기 때문이었다.

검각이 있는 절강은 지금 혈교가 활동하고 있는 광동과 그리 멀지 않다.

뱃길로 간다면 정말 얼마 걸리지 않는 곳이기에 놈들에 대한 정보는 정말 많은 것이 검각에 들어오고 있었다.

그렇기에 혈교의 무서움에 대해 검각은 처절하게 느끼고 있었다.

자신들의 편이 아니라면 누구도 살려두지 않으며, 죽음의 형태도 비참하기 그지없다.

도저히 무인에 대한 존경이라곤 조금도 보이질 않는다.

그렇기에 백도맹에서 한시라도 빨리 움직이길 바랬지만, 안타깝게도 그럴 기미는 보이질 않았다.

애초에 남궁선의 비밀스런 제안을 받아 들여 이곳까지 오게 된 것도 그런 이유 때문이었다. 설마 이 자리에서 검후에 대한 이야기가 오가게 될 줄은 상상도 못했지만 말이다.

"본각의 입장에서 결코 쉬운 일이 아니라는 것을 잘 알고 계실 것이라 생각합니다."

"당연한 일이네. 일문의 후계를 잃는 것과 같은 일이니 어찌 쉬운 일이겠는가. 하지만 먼 미래를 보고 대승적인 차원에서 허락을 해주었으면 한다네. 물론 이에 대해 미흡하겠지만 내가 할 수 있는 것이라면 적극적으로 도움을 주겠네."

"어차피 천마신교에서 마음먹고 벌이는 일이라면 본각이 거절을 한다 하더라도 막을 수 없는 일이겠죠."

"아마도 그렇겠지."

씁쓸히 웃으며 고개를 끄덕이는 남궁선.

뼈저리게 아팠지만 이것이 현실이다.

신교가 움직이면 결코 백도맹으로선 막을 수 없는 것이.

결국 검각으로선 스스로 납득을 하느냐, 강제로 납득을 당하느냐 하는 선택 밖에 없는 것이나 마찬가지였다.

그런 상황을 막아야 하는 백도맹의 맹주인 자신으로선 이렇게 중재를 하는 일 이외엔 해줄 수 있는 방법이 없었고.

"맹주님의 뜻대로 하겠어요. 나중에 정당한 절차를 밟아야 하겠지만 이 시간 이후로 그 아이는 본각에서 파문된 것이나 마찬가지이게 될 것입니다."

"고맙네."

깊이 고개를 숙이는 남궁선에게 검각주는 계속해서 입을 열었다.

"대신 본각이 요구하는 것은 모두 세 가지. 둘은 신교에. 하나는 맹에 요청합니다."

"말해보시게."

이미 남궁선으로선 그녀의 부탁이 무엇이든 간에 들어줄 생각이었다.

그만큼 절실히 신교의 힘을 필요로 하는 것이다.

그리고 어느 정도 그녀의 부탁이 무엇이 될 것인지도 짐작할 수 있었기에 더욱 그러했다.

"먼저 맹에 요청을 하고 싶은 것은 절강을 본각의 영역으로 인정해 달라는 것입니다. 이미 본각은 그럴만한 힘을 가지고 있을 뿐만 아니라, 당장의 이해관계가 얽혀있어서 그렇지 본래 본각이 유지하고 있던 세력권입니다."

"인정해주겠네. 허나, 그것을 유지하는 것은 전적으로

검각에 달려있다는 것을 알아야 하네. 뿐만 아니라 본맹이 인정은 해줄 수 있지만 그 이외의 사태에 대해선 힘을 보태 줄 수 없네."

"그 정도면 충분합니다."

남궁선이 말하는 것은 백도맹의 입장에서 절강을 검각의 영역으로 인정하는 것은 가능하지만, 내부에서 일어나는 반발 등으로 인해 벌어지는 일에 대해선 움직일 수 없다는 것이었다.

그것은 비단 절강뿐만 아니라 곳곳에서 벌어지는 영역 분쟁에서도 마찬가지였다.

중재는 하되 그 이상으로 간섭하진 않는다.

그것이 백도맹의 철칙이었고, 검각이라 해서 그런 상황이 달라지진 않을 터였다.

검각주로선 단순히 백도맹이 인정하는 것만으로도 충분한 성과였다.

그들이 인정을 해줌으로서 당당히 검각의 이름을 알릴 수 있는데다, 본래 이곳이 자신의 영역이었던 만큼…… 맹의 발표는 완벽한 명분을 손에 쥐게 되는 일인 것이다.

이미 검각의 힘은 충분하다 못해 넘치는 상황이니 절강을 지키는 일은 어렵지 않을 터다.

'이젠 본각이 비상을 해야 할 때다.'

위기는 곧 기회라 했다.

비록 검후를 잃게 될 것이지만 그것 이상으로 검각의 미래를 향해 움직인다면 남는 장사였다.

물론 제자를 잃는다는 것이 쉽지 않은 일이지만 그녀는 참았다. 오직 검각주로서 검각의 미래를 위해서만 모든 것을 판단하고 결정했다.

"남은 두 가지 중 하나는…… 그 아이가 두 번 다시 무림에 나오지 않는 것입니다. 그의 조건대로 목숨은 살리겠지만 무공을 폐하고 사지의 근육을 자르게 될 겁니다. 폐인이 되겠지만…… 신교이니 만큼 무공을 제외한 것은 어떻게든 살려낼 수 있겠지요."

"그럴만한 능력이 있지… 그에겐."

"본각에선 그녀를 죽음으로 위장하게 될 겁니다. 그래야 본각의 위신이 떨어지지 않으니까요. 그런 만큼 절대로 그녀는 두 번 다시 무림에 나오지 않아야 합니다. 그녀가 숨쉬고 움직일 수 있는 곳은 신교 내부로 한정 하겠습니다."

"받아들일 것이네. 처음부터 목숨을 빼앗는 일만 아니라면 무엇이든 감내한다고 했었으니."

고개를 끄덕이며 남궁선이 동의하자 검각주는 긴장하며 숨을 가다듬고 마지막 조건을 내걸었다.

"마지막으로… 천마의 이름으로 본각에 위해를 가하지

않겠다는 확증을 필요로 합니다."

"허허……."

허탈하게 웃는 남궁선.

하지만 내심 속으로는 깜짝 놀라고 있었다.

지금 검각주는 천마신교가 중원을 점령 했을 때를 완벽하게 대비하고 있었다.

아니, 당장이 아니더라도 차후 다가올 미래 천마신교의 준동 속에서도 검각이 빠져나갈 구멍을 만들어 둔 것이나 마찬가지였다.

천마신교의 이름이 아닌 천마의 이름으로 하는 약속이다.

신교를 둘러보고 온 그였기에 그것이 의미하는 것이 신교에 있어 어떠한 것인지 너무나 잘 알고 있었다.

"신교가 존재하는 한 최소한 그들이 검각을 건드릴 일은 없어지겠어. 허허허!"

모두 세 가지 조건을 내 걸었다.

그리고 그 조건에 따라 검각주는 검각의 자존심과 미래를 동시에 손에 쥔 것이나 마찬가지였다.

'상황에 따라 검각은 정파의 가장 강력한 기둥으로 성장 할 수도 있겠어. 본가의 놈들은 대체 무얼 하는 것인지.'

이럴 때마다 세가를 생각하면 속이 쓰리다.

오랜 부귀영화와 선조들이 만들어 놓은 탄탄한 무공만 믿고 날 뛰려는 자들.

당장은 천하제일세가로 불리며 그 위용을 뽐내고 있었지만 이대로라면 얼마 지나지 않아 남궁세가는 무너질지도 몰랐다.

아니, 반드시 그리 될 것이라 남궁선은 생각했다.

그렇기에 더욱 가슴이 아팠다.

'하지만 이대로 무너질 가문도 아니지. 당장은…… 당장은 정파의 미래만 생각한다.'

굳게 마음을 먹는 남궁선.

"최대한 빨리 그에게 알리겠네. 그쪽에서도 가능한 검각의 조건을 모두 받아들일 것이야. 어려운 일도 아니니."

"부탁드리겠어요."

고개를 숙이는 검각주를 보며 남궁선은 이제 큰 산 하나를 넘었음을 느꼈다.

최소한 이젠 천마가 움직일 수밖에 없는 상황을 만들었으니까.

남은 것은 맹의 재정비였다.

'시간이 얼마 남질 않았다. 최대한 빨리 일을 마쳐야 한다.'

쾅!

사독이 내려친 책상이 순식간에 두 동강이 나며 부서진다.

귀하디귀한 자단목을 이용하여 만든 것이었으나, 지금 그의 눈은 분노로 물들어 보이는 것이 없었다.

"지금…… 뭐라고 했나?"

우우우!

살기를 한 가득 흘리는 성주를 보며 보고를 위해 왔던 수하는 식은땀을 가득 흘리며 다시 한 번 보고했다.

"나, 나환문이 무너졌습니다. 그리고 그 범인으로 세검문이 지목 당했으며 이외에도 본성에 등을 돌린 문파들이 속속들이 공격당했다고 합니다."

"누가! 대체 누가!"

깜짝 놀랄 소식이었다.

당장은 성의 힘을 하나로 모으고 천마신교가 움직일 때를 기다려야 하는 시기였다.

그런데 자신의 명령도 없이 혈교를 건드리고 만 것이다.

겨우 놈들의 휘하에 들어간 문파를 건드린 것에 불과하지만 그것은 혈교 놈들에게 좋은 명분이었고, 결국 대규모로 움직일 것이 뻔했다.

'숨죽이고 때를 기다려야 하는 판에!'

으드득!

이를 악무는 사독.

"당장 장로들을 모아라! 긴급회의를 개최한다!"

"조, 존명!"

재빨리 고개를 숙이며 방을 벗어나는 수하.

이미 만약을 위해 사황성의 모든 장로들이 모여 있는 상태였기에 회의는 금방 열릴 수 있었다.

이미 이번 사안에 대해 전달을 받은 장로들의 얼굴은 심각하기 그지없었다.

그렇지 않아도 혈교에 밀리는 상황에서 벌어진 일이다.

이 일로 인하여 어떤 사태가 벌어질 것인지는 불 보듯 뻔한 것이었다.

"성주님을 뵙……!"

"시끄럽고 다들 앉아!"

우우우.

사독의 몸에서 폭발적인 기세가 흘러나오며 자리에서 일어서려던 장로들을 다시 자리에 앉힌다.

이제까지 이런 식으로 들어온 적이 없는 사독이었기에 모두의 얼굴에 긴장감이 서린다.

"큰 말 하지 않겠어. 각파의 정예를 집결한다! 그게 싫은 놈들은 본성을 나가라. 대신 그 뒤는 책임지지 못한다. 어차피 벌어질 싸움이라면 최선을 다해야겠지."

그 말을 끝으로 자리에서 벗어나버리는 사독.

하지만 그가 남긴 말의 여파는 결코 작은 것이 아니었다.

그렇기에 자리에 모였던 장로들은 그가 사라짐과 동시 재빨리 회의장을 벗어난다.

정예를 모으든 사황성을 빠져 나가든 최대한 빨리 결정을 내려야 하는 상황인 것이다.

"빌어먹을!"

콰앙—!

회의실을 벗어났던 사독이 돌연 거대한 기둥을 후려친다.

그 역시 분노가 머리끝까지 치솟은 것이다.

그렇게 사황성의 상황이 급변하며 어느 때보다 빠르게 움직이기 시작했을 때, 정작 이 모든 상황의 주범이라 할 수 있는 도현은 느긋하기 그지없다.

"이제 발등에 불이 떨어졌겠지?"

"이번 일로 인해 사황성에 붙어 있는 사파들 중 3할은 떨어져 나갈 것이 분명합니다. 혈교의 휘하에 들어간 문파들이 승승장구 하고 있는 모습을 본 이상 더욱 그러하겠지요."

"겨우 3할 밖에 안 된다는 것은 그만큼 사황성주가 그동안 사황성을 잘 이끌었다는 것이겠지."

"그렇습니다. 하지만 그런 그라도 지금의 상황만큼은 어찌 손을 쓸 수 없을 겁니다."

군사 사공준허의 말에 도현은 고개를 끄덕이며 동의했다.

큰 그림은 도현이 그렸지만 세부적인 계획은 군사인 그가 모든 것을 계획하고 실행에 옮기고 있었다.

예전 같았다면 도현이 홀로 끙끙 머리를 싸매고 있었겠지만 그의 존재로 인해 굳이 그럴 필요가 없어진 것이다.

이로 인해 신교 전체의 효율이 올라간 것은 두말 할 것도 없다.

대부분의 일을 그가 처리하고 중요한 사항에 대한 최종 결정만 도현이 내리면 되게 되었으니까.

결제가 빨라지면서 전체적인 효율이 크게 상승하고, 불필요한 지출은 줄어들었다.

군사인 그가 들어오고 군사부가 설립되며 눈에 띄게 높아진 효율이기에 이제는 팔 장로란 그의 직책에 대해 누구하나 의심을 품는 사람이 없을 정도였다.

"남은 것은 혈교의 움직임인가?"

"예. 당장은 혈교 자체의 움직임은 없습니다만, 그들의 휘하에 들어선 문파들이 요란하게 움직이고 있으니 어떻게든 반응을 보이게 될 겁니다."

"그렇겠지. 그보다 혈교주의 행방은 아직도 못 찾았나?"

"최선을 다해 찾고 있습니다만……."

고개를 흔드는 사공준허를 보며 한숨을 내쉬는 도현.

그를 탓하는 것이 아니라 중원에 모습을 드러내고서도 혈교주는 단 한 번도 모습을 보이지 않고 있었다.

보통 한 세력의 주인이라면 그 힘을 과시하기 위해서라도 모습을 보이는 것이 정상인데 말이다.

"다만 저희 군사부에서 추측하길 어쩌면 아직 중원에 들어오지 않았을 확률이 높은 것으로 생각하고 있습니다."

"아직 중원에 들어오질 않았다?"

"예. 그렇지 않고서야 지금의 상황이 도저히 이해되지 않는 수준이지 않습니까?"

고개를 끄덕이며 그의 의견에 동의하는 도현.

확실히 그렇지 않고서는 지금의 활동 방식을 쉽사리 이해할 수 없었다.

당장이라도 무림 전체를 향해 칼을 휘두르고도 남음이 있는 놈들이 자리에서 움직이지 않고 있는 것도 수상하고 말이다.

"그럼 지금으로서 본교가 할 수 있는 일은 무엇이라 생각하나?"

그 물음에 사공준허는 이미 생각해둔 바가 있었던 듯 즉시 입을 열었다.

"현재 본교의 상황은 그 어떤 때보다 좋습니다. 자금도 원활하게 돌고 있으며, 무인들의 사기도 높습니다. 게다가 곧 중원으로 움직인다는 소식에 마지막 담금질을 세차게 하는 중이지요. 이런 상황에서 섣불리 움직였다가 멈춘다면 치솟았던 기세가 떨어질 염려가 있습니다. 차라리 한번 움직인다면 그때 모든 일을 끝내는 것이 가장 좋은 방법입니다."

"흠… 그래서?"

"당장 사기가 높다곤 하지만 사기는 높을수록 좋은 것이니 만큼 좀더 끌어올릴 필요가 있다고 봅니다. 여기에 적들의 실력을 확인할 수 있다면 금상첨화겠지요."

"그 말은 소수의 인원으로 혈교와 부딪쳐 보자는 소리로군."

"그렇습니다."

고개를 끄덕이는 사공준허.

천마신교의 힘과 능력에 대해선 사공준허도 크게 할 말이 없을 정도로 최고라는 것은 알고 있었다.

하지만 머리를 쓰는 군사의 입장에서 적의 실력을 제대로 파악 할 수 없다는 것은 역시 큰 부담이다.

그렇기에 지금 그는 혈교의 실력을 단편적이나마 알아보기 위해 움직이자 말하고 있는 것이다.

이는 도현 역시 바라고 있는 바였다.

그동안 소소하게 혈교와 부딪친 적은 있지만 실제로 부딪친 것은 거의 없다.

그럼에도 불구하고 혈교를 큰 적으로 생각하고 있는 것은 그 부딪침 속에서 놈들의 강렬한 위험성을 깨달았기 때문이다.

"좋아. 누가 움직였으면 좋겠나? 최적은 역시 밖에 나가 있는 우혁들인가?"

도현의 물음에 사공준허는 고개를 가로 저었다.

"교주님께서 직접 움직이시는 것이 가장 좋을 것이라 생각합니다."

"호?"

놀란 듯 그를 바라보는 도현.

"약간의 부담은 있으나 교주님이시라면 큰 위험 없이 놈들의 실력을 확인할 수 있을 뿐만 아니라, 교의 전체적인 사기를 끌어올리는 것에도 큰 도움이 될 것입니다. 여기에 한 발 더 나가면 중원 전역에 교주님의 이름을 드높일 수 있겠지요."

"나 하나가 움직임으로서 많은 것을 노리겠다는 생각이로군."

"교주님이 움직이시는 일인데 하나로 끝낼 수는 없지 않겠습니까?"

당당히 대답하는 사공준허를 보며 도현은 빙긋 웃었다.

사실 도현 역시 자신이 직접 움직일까 라는 생각을 가지고 있었다.

가장 안전하고, 가장 효과적인 방법이란 사실을 알기 때문이다.

그럴 때 군사인 그가 흡족한 이야기를 해주니 어찌 마음에 들지 않을 수 있겠는가.

"그렇다면 누가 함께 가는 것이 좋겠는가?"

"교주님의 뜻대로 하소서. 허나, 교주님이 움직이는데 그림자들이 따르지 않을 리 있겠습니까."

"하하하하! 그렇군!"

사공준허는 말하고 있었다.

자신의 뜻대로 하라고 했지만 자신의 그림자.

즉, 천마검위대(天魔劍衛隊)를 대동하라는 이야기였다.

도현의 실력을 믿지만 만약을 대비하여 신교 최강의 전력이라 할 수 있는 천마검위대를 대동하라는 것이다.

분명 철저한 계획 속에 나온 이야기일 것이다.

"좋아! 다들 답답했을 것이니 이번 기회에 나들이하는 것도 나쁘지 않겠지. 심대주!"

도현의 불음과 동시 작은 인기척과 함께 곁에 부복을 한 사내가 모습을 드러낸다.

"하명하십시오."

"먼 길을 갈 것이다. 준비해라."

"존명!"

스스슥!

나타날 때처럼 은밀하게 사라지는 그.

천마검위대주 혈월마검(血月魔劍) 심광혁.

오직 천마인 도현의 명만 받으며 신교 안에서도 손에 꼽히는 실력자인 그라면 얼마든지 도현도 믿고 등을 맡길 수 있는 자였다.

"천마검위대라면 돌발적인 사태가 있더라도 교주님의 퇴로를 만들 수 있을 겁니다. 뭐, 그런 일이 벌어질 것이라곤 상상도 할 수 없긴 합니다만."

능청스러운 사공준허의 말에 도현은 웃으며 자리에서 일어섰다.

이제는 신교의 주인이라는 자리에 걸 맞는 위엄이 자연스럽게 흘러나오는 도현.

스스로도 천마신교의 주인이란 사실을 체감하고 있는 요즘이다.

"오랜만에 다 함께 움직이는 것도 나쁘지 않겠군."

"미리 일러 놓도록 하겠습니다."

도현이 말하는 것이 장로들의 제자들.

즉, 교주의 친우들이란 사실을 알기에 사공준허는 고개를 끄덕인다.

그때였다.

똑똑.

"백도맹주에게 연락이 왔습니다."

문을 두드리는 소리와 함께 군사부의 인원 한 사람이 안으로 들어오며 이야기했다.

"흠……."

백도맹주가 보낸 서신을 다 읽은 도현은 그것을 사공준허에게 건네며 고민에 빠진다.

검각주가 내건 조건들은 사실 신교 입장에서 보자면 그리 어려운 것들이 아니었다.

당장에라도 들어주어도 상관이 없는 것들이었지만, 문제는 검각을 건드리지 말아 달라는 마지막 부탁이었다.

"이건 지금 당장은 괜찮겠지만 먼 훗날 문제가 될 수도 있겠군요."

사공준허가 서신을 내려놓으며 얼굴을 찡그린다.

검후의 정체를 밝힐 수 없는 상태에서 이런 조건을 들어주게 된다면 먼 훗날 자칫 검각 하나 때문에 신교의 대업을 거스르게 될 수도 있었다.

교주인 도현에게 있어 그녀의 존재가 얼마나 중요한 것인지 알고 있지만, 쉽게 들어 줄 수 없는 조건이었다.

"들어주도록 하지."

"괜찮으시겠습니까?"

"내가 곧 신교다."

도현의 광오한 한 마디.

그 말 한 마디에 사공준허는 고개를 숙일 수밖에 없었다.

아니, 항명 할 수 없었다.

천마가 곧 천마신교다.

이는 당연한 말이었고, 천마인 그가 하고자 하는 일이니만큼 누구도 반대 할 수 없을 것이다.

그야말로…… 천마는 천마신교 그 자체였으니까.

"그럼 그리 준비를 하도록 하겠습니다."

"부탁하지."

고개를 숙이고 방을 빠져나가는 사공준허.

홀로 남은 방에서 도현은 잠시 서신을 다시 읽다가 밖을 향해 말했다.

"소진을 불러라."

"예."

시비의 목소리가 들려오고 오래 지나지 않아 가볍게 문을 두드리며 소진이 방 안으로 들어온다.

항상 붙어 다니던 비연은 근래 소진의 가르침을 소화하느라 폐관에 가까운 수련을 거듭하고 있었다.

덕분인지 비연의 실력은 하루가 다르게 일취월장하고 있을 정도였다.

그녀로서도 자신의 역할이 중요하다는 것을 알기 때문에 이를 악물고 열심히 하는 것이리라.

"무슨 일이예요?"

웃으며 도현의 맞은편에 앉는 그녀.

소진의 얼굴을 잠시 보던 도현은 천천히 입을 열었다.

"백도맹주를 통해 검각에 네 뜻을 알렸는데, 답변이 왔어. 뭐…… 적당히 들어줘야 하는 것들이 있긴 하지만 적절한 수준에서 파문 형식으로 끝낼 모양이야."

"그런가요."

긴장한 얼굴로 고개를 끄덕이는 그녀.

각오를 하곤 있었지만 실상 이런 이야기가 진행이 되자 긴장되는 기색을 감출 수 없었다.

그런 소진의 얼굴을 보며 도현은 웃는다.

"걱정 마. 그쪽의 조건은 단전을 폐하고 사지의 근맥을 자르며, 두 번 다시 무림에서 활동을 하지 않는다는 조건이니까. 정확하게는 신교 안에서 벗어나질 않기를 원한다고 하더군."

"…철저하게 절 없는 존재로 여길 생각이로군요."

"아무래도 그렇지. 하지만 이 정도로 그치는 것을 되려 감사해야 하겠지. 네 머릿속에 들어있는 수많은 검각의 무공을 생각한다면 말이야."

도현의 말에 소진은 고개를 끄덕였다.

검후로서 검각에서 지원해준 것들이 어떠한 것인지 너무나 잘 알고 있었다.

자신의 공백을 메우기 위해 비연을 수련시키고 있기는 하지만 역시나 조금의 시간을 필요로 한다.

물론 자신을 놓아주는 대가로 검각에서도 분명 얻는 것이 있겠지만, 실망이 클 테다.

특히 자신을 딸처럼 여긴 사부님께는 여전히 죄송함을 감출 수 없지만…

'죄송합니다, 사부님. 역시 전 오라버니 곁에 있고 싶어요.'

그런 마음이 더욱 컸다.

각오를 굳힌 듯 보이는 그녀를 보며 도현은 빙긋 웃었다.

"걱정하지 마. 본교의 지원과 내 힘이면 사지의 근맥이 잘렸다 하더라도 얼마든지 복구 할 수 있어. 그럴만한 힘과 실력이 있으니까. 단전 역시 마찬가지고. 신교 안에서 생활을 해야 한다는 제한이 걸리겠지만… 크게 상관은 없을 거야."

"믿을게요."

그 한 마디에 도현은 고개를 끄덕인다.

신교에 즐비 하는 영약과 도현의 의술 실력이면 얼마든지 그녀의 상처를 치료 할 수 있었다. 게다가 신교 안에서 생활을 한다는 조건 역시 생각하기 나름이다.

아무리 욕심이 없다 하더라도 텅텅 빈 중원의 영역을 그냥 보고 있을 리 없다.

물론 어느 정도에서 멈추게 되겠지만 그것만으로도 소진이 답답하게 여길 틈이 없을 테다.

'이미 소진을 위한 무공도 어느 정도 완성 상태니.'

애초에 소진이 알고 있는 검각의 무공에 대해선 전혀 관심이 없는 도현이다.

검각의 무공이 뛰어나다곤 하지만…… 그뿐이다.

자신이 만든 천마신공보다 뛰어 날 수 없는 것이다.

소진 역시 뒤돌아보는 성격이 아니다 보니, 검각과 인연이 끊어지면 두 번 다시 검각의 무공을 펼치지 않을 것이 분명했다.

아마, 검각에서도 그런 그녀의 성격을 알기에 허락 한 것일 테다.

"그보다 오라버니가 손해를 보는 것은 아닌가요?"

"괜찮아. 큰 손해도 없고…… 오히려 널 얻을 수 있다면 이득이겠지."

화끈.

도현의 직설적인 말에 얼굴을 붉히는 소진.

그 모습에 도현은 크게 웃었다.

天魔飛上 6章.

6 章.

거대한 폐관수련실을 가득 채우는 혈무(血霧).

한치 앞이 보이지 않을 정도로 농도 깊은 혈무가 가득한 이곳에 감도는 사이한 기운.

처음 이 기운을 느끼는 자들은 자신도 모르는 사이 오싹하며 뒤를 돌아보게 될 지도 모른다.

귀기(鬼氣)로 착각을 할 정도로 말이다.

허나, 이것은 귀기가 아니었다.

모든 생명의 근원과도 같은 혈기(血氣)였다.

"크크, 크크큭!"

그런 혈무의 중심에 가부좌를 틀고 앉은 혈마가 낮게 웃고 있었다.

가만히 있기만 해도 폭발적으로 솟아오르는 혈기는 주체 할 수 없을 정도였고, 온 몸에서 느껴지는 충실한 기운은 평생 느껴본 어떠한 것보다 황홀함을 선사했다.

"이제야…… 이제야 완성했다."

웃고 있는 혈마.

그랬다.

마침내 패마의 심장을 자신의 힘에 녹여낼 수 있게 된 것이다.

아직 완벽하다고 볼 수는 없지만 이것만으로도 상대할 수 있는 적이 없다고 여겨질 정도였다.

게다가 이전과 달리 이젠 완벽하게 자신의 의지 아래 기운이 움직이고 있었기에, 폭주를 할 염려 따위도 없다.

다시 말해 움직일 때가 된 것이다.

쿠오오오!

자리에서 일어섬과 동시 빠른 속도로 혈무들이 사라지기 시작했다.

아니, 그의 몸으로 거세게 빨려 들어간다.

"후…."

숨을 크게 들이쉬었다가 내쉬는 동작 하나에도 살아 숨쉬듯 움직이는 혈기들.

"이제… 준비는 끝났다."

혈마의 두 눈에 서리는 붉은 혈기가 충만하다.

●

"이렇게 함께 움직이는 것도 참 오랜만이로군."

"그러게 말입니다."

도현의 말에 장단을 맞추며 말을 몰아 곁으로 다가서는 마광호.

하나 같이 튼튼한 말을 타고 있는 일행은 관도를 타고 천천히 남하하고 있었다.

워낙 눈에 띄는 인물들이다 보니 관도를 오가는 사람들의 시선을 받기도 했지만, 도현들은 개의치 않았다.

일행을 쳐다본 사람들 역시 처음에나 시선을 주었지 곧 시선을 돌렸는데, 돈 많은 부잣집의 철없는 공자와 아가씨들이 나들이를 나온 것처럼 보였기 때문이었다.

모두들 경지에 오르다 보니 밖으로 마기도 흐르지 않았고, 철저한 위장을 하다보니 같은 무인이 보더라도 그냥 속아 넘어갈 정도였다.

특히 대범하게 관도를 통해 당당히 움직이고 있음이니 더욱 무인들의 시선을 피할 수 있었다.

"그래도 설마하니 당당하게 관도로 움직일 줄은 몰랐습니다. 사람들의 눈을 피해 좀 빠르게 이동 할 줄 알았거든요."

광호가 의외라는 듯 고개를 으쓱이며 말하자 도현은 웃으며 답했다.

"군사가 그러더군. 급할수록 돌아가는 것도 나쁘지 않다고. 게다가 이왕 밖에 나가는 것이니 이번 기회에 휴식을 취하는 것도 나쁘지 않은 선택이라더군. 어차피 모든 선택 권한이 우리에게 있는 상황에서 급하게 움직일 필요는 없다 하더군."

"캬! 역시 우리 군사님은 대단하십니다!"

자신의 이마를 두드리며 과장된 표현을 하는 광호를 보며 모두들 웃는다.

도현을 필두로 마광호, 단리한, 예미영까지.

장로들 제자 중에는 우혁을 제외한 모두가 함께 움직이고 있었다.

그리고 이들 사이에 빙설하가 함께 하고 있었다.

그것도 자신의 말을 그냥 두고 도현의 뒤에 착 매달린 채 말이다.

"후훗!"

도발적인 웃음을 지으며 예미영을 바라보는 그녀.

그에 예미영의 쌍심지가 순간 치솟지만 금세 가라앉는다. 아무리 화가 난다 하더라도 도현의 앞에서 자신의 성격을 드러낼 만큼 생각이 없진 않았다.

'참자…… 참자!'

이를 악물며 눈을 감아버리는 예미영.

그 모습을 보며 재미있다는 듯 웃는 빙설하.

그야말로 견원지간이 따로 없다.

하지만 그녀들이 그러는 사이에도 말없이 뒤를 따르고 있는 사람이 있었는데, 바로 소진과 비연이었다.

지금 자신들이 행하는 길이 어떠한 길인지, 그리고 어떤 의미를 가지는 것인지 잘 알고 있기에 침묵하는 것이다.

그 모습이 안타깝긴 하지만 자신으로선 쉬이 개입 할 수 없는 그녀들만의 문제이기에 도현은 굳이 말을 건네지 않았다.

그렇게 며날 며칠을 움직인 끝에 일곱 사람은 배에 올라탈 수 있었다.

이제 배를 몇 번 갈아타면 검각이 코앞에 있는 항주에 도착 할 수 있을 것이었다.

촤악-.

어두운 강을 밝은 달빛에 의존하여 물살을 가르며 움직이는 배.

일반적인 객선으로 위장을 한 배이지만 실상 천마신교 소속의 것으로 이 배에 올라타 있는 것은 선원들을 제외한다면 도현들 일행 밖에 없었다.

다른 사람도 아닌 천마가 타고 있는 배 이기에 알게 모르게 이 배의 근처로는 호위를 위한 여러 배들이 교묘하게 움직이며 근처를 맴돌고 있었다.

제법 먼 거리였기 때문에 미리 알고라도 있지 않는 이상은 눈치 채기 어려울 정도다.

그런 배의 난간에 자다가 말고 나온 것인지 가벼운 옷차림을 한 소진이 모습을 드러낸다.

펄럭, 펄럭.

바람에 옷자락이 나부끼고 풀어 헤친 머리카락이 휘날린다.

난간에 기대어 앉아 있는 그녀의 모습은 그 자체만으로도 한 폭의 그림과 같았다.

다만 아쉬운 것이 있다면 신교를 벗어나면서 다시 착용한 얼굴을 완전히 가리는 면사였지만.

하긴 신교 안에서도 도현이나 같은 여인들의 앞이 아니라면 결코 면사를 벗지 않았던 그녀이니 이곳이나 신교나 큰 차이는 없었을 터다.

"잠이 안 오는 모양이지?"

뚜벅, 뚜벅.

걸음 소리를 일부러 내며 다가오는 도현.

그 모습에 웃으며 소진은 고개를 끄덕였다.

"각오는 벌써 하고 있었는데…… 막상 때가 된다고 생

138

각하니 마음이 이상해서요. 아쉽기도 하고, 시원하기도 하고, 미안하기도 하고…… 복잡하네요."

"그렇겠지. 그런데 꽤나 고통스러울 수도 있는데 그런 것은 걱정하지 않는 모양이지?"

난간에 걸터앉으며 묻자 소진은 고개를 저었다.

"그런 것이야 한 순간이잖아요. 게다가 오라버니가 고쳐 줄 것이란 사실을 알고 있는 상황이니까 큰 걱정은 되지 않아요. 그저 그동안 제게 많은 기대를 하고 있었던 검각의 식구들에게 미안할 뿐이죠."

"흠… 그래도 검각의 미래를 위해 비연을 준비 시키고 있잖아. 그것만으로도 훌륭하다고 생각하는데?"

"본래 제가 아니었다면 비연이 검후가 되었을 거예요. 비연에겐 그럴만한 자격도, 재능도 있었으니까요. 하지만 상황이 어찌되었건 비연에게 무거운 짐을 떠넘기는 것 같아서 미안하긴 해요."

"그럴 수도 있겠군. 하지만 정작 당사자는 그렇게 생각하고 있지 않는 것 같던데 말이야."

"모르죠. 어쩌면 날 원망하고 있을 지도 모르죠. 하지만 그 무엇보다 포기 할 수 없는 것이 있으니까요. 세상 모든 사람을 적으로 돌린다 하더라도."

자신을 또렷한 눈으로 바라보는 소진을 보며 도현은 말 없이 웃어주었다.

당장 지금 자신이 할 수 있는 일이라곤 그것 밖에 없음을 잘 알기 때문이다.

신교를 벗어나기 전 이미 그녀를 치료하기 위한 영약들을 가득 챙겨서 나온 도현이다. 여기에 도현의 실력이라면 검각에서 벗어난 직후부터 치료를 시작 할 수 있을 터였다.

"밤바람이 춥다. 들어가서 쉬어."

"네."

고개를 끄덕이며 먼저 선실로 들어가는 그녀의 뒷모습을 바라보던 도현이 배 후미를 보며 말했다.

"이제 나오지?"

"일부러 숨어 있던 것은 아닌데, 죄송합니다."

사과를 하며 모습을 드러내는 것은 비연이었다.

두 사람보다 먼저 밖에 나와 있던 그녀였지만 상황이 상황이다 보니 어찌 하지 못하고 어둠속에 기척을 숨기고 숨어 있었던 것이다.

이미 밖으로 나올 때부터 그녀의 기척을 잡아냈던 도현이기에 그녀의 사과를 대충 받으며 물었다.

"어때? 소진의 속마음을 들은 기분은?"

"기쁩니다."

고개를 숙이며 대답하는 그녀.

하지만 정작 그녀의 두 눈엔 눈물이 그렁거리고 있다.

아무 표현도, 말도 하지 않고 있던 그녀였지만 어찌 아쉽지 않을 수 있겠는가.

어릴 적부터 함께 자라왔으며 서로의 장단점을 누구보다 잘 알고 있는 사이다.

한 때는 호적수로 생각했고, 한 때는 존경했던 여인이다.

복합적인 감정들이 샘솟고 있었다.

그런 비연을 지켜보던 도현은 천천히 입을 열었다.

"앞으로 네 역할이 중요해. 소진이 자신의 선택을 후회하지 않기 위해서이기도 하지만, 본교와의 선을 놓지 않기 위해서라도 말이야. 당장은 문제가 없겠지만 언젠가는 문제가 터지기 마련이지. 그때를 항시 대비하는 것이 좋을 거야."

"검각은…… 강해질 겁니다. 언젠가 모든 것을 이겨낼 정도로."

비연의 말에 담긴 수많은 뜻을 알지만 도현은 모르는 척 넘겼다.

아니, 그녀의 말처럼 될 것이었다.

천하제일의 세력이 비록 적이라곤 하나 비호를 함이니 그 사이 검각은 무섭도록 발전할 것이 분명했다.

본래 검각주가 내건 조건은 신교가 언젠가 중원에 나섰을 때 검각에 피해를 주지 않는 것이지만, 도현은 그것을 뛰어넘어 자신이 살아있는 동안은 음지에서 검각을 도와줄 생각이었다.

그것이 자신에게 소중한 사람을 키워준 검각에 대한 예의라 여겼다.

잠시 후 비연이 선실로 들어가자 도현은 혼자 남았다.

천마의 사색을 방해하지 않으려는 것인지 선원들조차도 밖으로 나오질 않는다.

순풍에 배는 빠르게 움직인다.

수적들이 금품을 노리고 달려 들만도 하지만 놈들이 움직이기 전에 호위선들이 먼저 움직여 제지하고 있었다.

눈치가 있는 놈들이라면 살아남을 것이고 그렇지 못하다면 곤욕을 치르게 되리라.

'어느새 내가 이런 위치에 오르게 된 것인가.'

언젠가… 라는 막연한 생각은 하고 있었지만 벌써 이런 위치에 올랐다는 것이 쉬이 실감나진 않는다.

자신의 두 어깨위에 신교의 수많은 사람들의 기대가 올려져 있다는 것이 새삼스럽다.

"그래도 무겁거나 무섭진 않아. 나 자신에 대한 책임감만 강해졌을 뿐."

도현의 두 눈이 빛난다.

"빙…… 설하?"

"예. 확실한 것 같습니다."

수하의 보고에 허독량의 얼굴이 일그러진다.

앞서 벌어졌던 항주에서의 일이 아무리 생각해도 의심스러운 부분이 많아 추가로 조사를 지시했었다.

그리고 그 과정에서 빙설하의 존재가 툭 튀어 나온 것이다.

분명 죽었을 것이라 생각했던 존재가 튀어나오니 허독량으로선 쉽사리 믿을 수 없는 일이었다.

하지만 반대로 수하들 역시 자신에게 이런 보고를 하기 위해 수십 번이고 다시 정보를 해석했을 것이다.

"추가 정보는?"

"현재 조사 중에 있습니다."

"최대한 서두르도록."

"명!"

고개를 숙이며 시야에서 벗어나는 수하.

으득!

이를 가는 허독량.

설마 이런 시기에 그녀의 이름을 다시 들을 것이라곤 예상치 못했다.

하지만 반대로 그녀의 존재가 살아있다고 생각하면 항주에서의 일이 빠르게 납득이 된다.

도저히 내부의 정보를 알고 있지 않고서야 그렇게 빠르고 깔끔하게 무너트릴 수 있을 리가 없었다. 그것도 고위의 정보를 가진 자가 아니라면 말이다.

혈교가 중원으로 진출한 지금에 있어 등을 돌릴 사람이 거의 없다. 그렇기에 더더욱 그녀의 존재가 부각이 되고 있는 것이다.

'그렇기 때문에 정보부에서도 그년의 이름을 들먹인 것이겠지. 그보단 정말 그년이 살아있다면 문제인데…'

눈을 감는 허독량.

빙설하가 살아있고 그녀가 다시 교로 돌아온다면 문제가 복잡해진다.

그녀가 사라진 뒤 자신이 소교주의 자리에 앉을 수 있었지만 본래 그녀를 지지하던 세력까지 사라진 것은 아니었다.

교의 분열을 막기 위해 다들 자신을 지지하고 있을 뿐이다.

그런 상황에서 그녀가 살아 돌아온다면 다시 등을 돌릴 자들이 한 둘이 아니었다.

혈마의 성격상 한 번 이야기 한 것을 다시 번복하는 일은 없다.

다시 말해 자신이 소교주의 자리에서 내려갈 일은 없다.

하지만 그녀 역시 막대한 지지 세력을 등에 업고 강력한 권력을 손에 쥐게 되는 것은 마찬가지였다.

언제 어디서 사고가 터질지 모르는 상황인 것이다.

정작 당사자인 빙설하는 혈교로 돌아올 생각이 조금도

144

없지만 그런 그녀의 생각을 모르는 허독량으로선 고민하
지 않을 수 없었다.

'이 자리에 오르기 위해 얼마나 많은 노력을 했는데…!
이제와 그딴 계집에게 빼앗길 순 없다!'

결국 마음의 결정을 내린 그는 믿을 수 있는 수하들을
하나 둘 불러 모으기 시작했다.

광서성주 기태향의 겉모습은 일개성주가 아닌 군문의
장수라 해도 좋을 정도로 기골이 장대하고 패도적인 기운
을 흘리는 자였다.

아무래 봐도 군문에서 활약을 하는 것이 좋을 듯 보였지
만, 그는 겉모습과 달리 광서성을 무척 잘 이끌었다.

그가 부임하기 전까지만 하더라도 광서는 그리 부유하
지 못했다. 그에 반해 재산을 불리는 것에만 눈을 밝히는
관리들 때문에 많은 광서성 주민들이 큰 고통을 받고 있었
다.

허나, 그가 부임하고 나선 모든 것이 바뀌었다.

광서성에 존재하던 수많은 탐관오리들의 목을 베었고,
그것이 설령 중앙의 고관귀족과 연관되어 있더라도 개의
치 않았다.

내려오자마자 보인 잔인한 행동에 많은 이들이 우려를 했다.

잔인한 성주는 어느 시대에선 있어왔기에 그 역시 그런 것이 아닌 가했기 때문이다.

그런 사람들의 우려를 씻어내는 데는 겨우 1년도 걸리지 않았다.

목을 벤 귀족들의 압류한 재산을 이용하여 광서성에 부족하던 것들을 많이 들여왔다.

특히 그해 극심한 가뭄이 들었었는데, 그는 그 많은 재물을 아낌없이 풀어 광서성 백성들을 구제하는데 사용했다.

뿐만 아니라 광서성에 부족하던 관로를 다시 재정비하거나 새로 만들어 상인들이 움직이기 쉽게 만들었다.

그러자 자연스럽게 광서성에 활력이 돌기 시작했다.

"이제 겨우 시작이건만…."

자신의 집무실에 앉은 광서성주는 보고서를 읽으며 혀를 찬다.

모든 관리들이 혈교의 난동에 대해 입을 다물고 있었지만 그는 자신만의 정보력을 이용하여 이미 놈들에 대해 많은 것을 알고 있는 상태였다.

그럼에도 불구하고 움직이지 않고 있는 것은 섣불리 움직일 수 없기 때문이었다.

황실의 상황이 좋지 않은데다 무림의 일에 자칫 잘못 개입했다간 최악의 경우 광서성 전체가 무법지대가 될 수도 있는 일이었다.

그리 된다면 정말 끝장이었다.

광서성을 안정시키기 위해 황궁에선 군을 동원할 것이고 일단 동원된 군은 철저하게 이곳을 밟아 놓을 것이 분명했다.

일종의 본보기로 말이다.

이곳의 상황이 어떠했든 일단 움직인 이상 여러 가지를 수확해야 한다.

그것이 정치다.

'정치적 논리에 수많은 백성들이 죽임을 당한다. 그런 일만은 절대로 피해야 한다.'

비록 중앙의 권력과 많이 동떨어진 곳이지만 기태향은 자신의 임무에 충실했다.

본래라면 중앙의 고위관직을 받아들어도 부족함이 없을 그가 중앙에서 가장 먼 곳 중 하나인 광서까지 밀려난 까닭에는 여러 가지 이유가 있었지만 가장 큰 이유는 황제의 어명이 있기 때문이었다.

그것이 아니었다면 어떤 방법을 써서라도 그곳에 남았을 그였다.

현재 중앙의 권력 형태는 묘한 모양을 하고 있었다.

본래 권력의 정점에 있어야 할 황제이건만 그와 어깨를 나란히 하는 사람이 무려 두 명이나 더 있었다.

전대 황제가 일찍 서거하며 어린 나이에 황제의 자리에 오른 현 황제다. 그러다보니 자연스럽게 전대 황후에 의한 섭정이 펼쳐졌고 그 결과 황제, 전대 황후, 태상으로 이어지는 기묘한 권력 구도가 펼쳐지게 된 것이다.

두 사람의 틈에서 황제 스스로 권력을 구축했음이니 현 황제의 능력이 얼마나 뛰어난 것인지 알 수 있지만, 문제는 두 사람의 견제가 심해도 너무 심하다는 것에 있었다.

섭정에서 물러나고서도 권력을 놓지 못하는 전대 황후와 그 전대 황후의 아버지로서 많은 나이임에도 불구하고 아직도 태상의 자리를 굳건히 하며 더 높은 권력을 갈구하는 그까지.

결국 황제는 자신이 가장 믿을 수 있다고 판단한 기태향에게 광서성주의 직책을 내리고 먼 곳에서부터 황실의 기반을 다질 것을 주문했다.

기태향으로선 황제의 어명이니 당연히 받아들였다.

황제의 권력의 차기 대세로 떠오르던 그가 갑작스레 광서성주로 발령 난 것에 대해 의심하긴 했지만 전대 황후와 태상은 기꺼이 그를 황궁에서 내보냈다.

몸이 멀어지면 그 마음도 의심 받는 법이다.

여기에 황제의 측근들에 대한 작업 능률을 높일 수 있기에 기꺼이 보낸 것이다.

그런 사실을 잘 알고 있는 기태향이기에 자나깨나 황제 걱정 뿐이었다.

그러면서도 충실히 광서성을 이끌며 많은 이들의 지지를 받고 있었다.

"아직 멀었다. 나라가 평안하기 위해선 백성들이 먼저 평안해야 한다. 폐하의 치세를 널리 퍼트리기 위해선 더욱 많은 사람들이 노력해야 한다. 그러기 위해서라도 폐하에게 부족한 인원을 보충해야 한다."

근래 구상하고 있는 것은 새로운 인물의 발굴이었다.

그 말처럼 황제에게 지금 가장 필요로 하는 것은 유능한 인물이었다.

세상에 드러나지 않은 진주 같은 자들을 발굴하여 황제의 곁으로 보내는 것 또한 그가 할 일이었다.

문제는 그런 시기에 혈교가 난동을 부리고 있다는 것이지만.

똑똑!

"차이옵니다."

"두고 가거라."

문을 두드리며 시비가 향긋한 향이 나는 차를 두고 방을 나간다.

익숙한 듯 행동하는 것이 기태향을 모신 지 오래된 시비라는 느낌이 물씬 난다.

말없이 차를 보고 있던 그가 문득 입을 열었다.

"정말 저 아이가 날 배신했단 말이오?"

"가족을 볼모로 잡고 있는 상황에선 어쩔 수 없는 일이지요."

스스슥!

아무도 없던 곳에서 귀신처럼 모습을 드러내는 사내.

우혁이었다.

지옥만마대와 함께 움직이고 있던 그가 어느 사이에 이곳까지 와서 움직이고 있는 것이다.

이미 며칠 전 비밀리에 기태향과 이야기를 나눈 그였다.

기태향 역시 우혁의 정체에 대해 알고 있었다.

본래 무림인을 믿지 않는 기태향이지만 자신의 안위뿐만 아니라 광서성의 수많은 백성들의 목숨이 걸렸다는 우혁의 말에 그를 곁에 두지 않을 수 없었다.

"허…… 벌써 십년도 넘게 곁에 있던 아이거늘."

"누구든 가족의 목숨은 소중한 법이니까요. 저 아이 역시 매일을 눈물 흘리며 오늘에 이를 때까지 수많은 고민을 했을 것입니다."

"그렇겠지요. 그보다 제가 부탁한 것은 어찌 되었습니까?"

그의 물음에 우혁은 품에서 서류 뭉텅이를 꺼내 책상 위에 올린다.

"현재 광서성에 숨어든 혈교 놈들에 대해 최대한 알아낼 수 있는 데까지 조사했습니다. 관리들 가운데서 결탁한 놈들이 제법 많았지만 강단 있게 끝까지 버틴 사람들도 있더군요. 결국엔 가족의 목숨을 위협 받는 통에 등을 돌렸습니다만."

"으음……!"

위험한 이야기였다.

성주인 자신에게서 등을 돌린 이들이 한 둘이 아니었다.

그것이 비록 가족의 목숨을 위협 받는 통에 벌어진 일이라곤 하지만 자신에게서 등을 돌렸단 사실이 없어지는 것은 아니다.

이는 곧 자신이 아닌 황제라 하더라도 등을 돌릴 자들이란 소리였다.

"후…… 폐하께 어찌 고개를 들 수 있을까……."

낙심한 듯 고개를 숙이는 그.

그러는 사이 우혁은 품에서 검붉은 종이를 꺼내더니 시비가 가져온 차를 종이 위에 다 붓는다.

쪼르륵-.

가득 들었던 주전자가 텅 비고…… 얼마 뒤 종이 위에서 꿈틀거리는 무엇인가가 모습을 드러내기 시작한다.

약지의 손톱만한.

작다면 작고, 크다면 큰 벌레가 점차 모습을 갖춰간다.

"환혈마뇌고라는 놈입니다. 따뜻한 물에 들어가면 그 형체를 숨길 뿐더러 모양도 잡히질 않아서 이질감 없이 몸속에 침투하는 놈입니다. 이것이 머리에 자리를 잡으면… 나머지 한쪽을 가지고 있는 이에게 조종을 당할 수밖에 없습니다."

"이런 물건이 있다니. 가히 무림이란 무서운 곳이구려."

"무림에서도 이런 고독 종류를 사용하는 것은 엄히 금지되어 있습니다. 게다가 고독은 키우기 워낙 어렵기 때문에 일반적인 고독을 키우는 데도 고독 크기의 수십 배에 이르는 황금을 필요로 합니다. 환혈마뇌고는 그것의 족히 수백 배는 더 들어가기 때문에 혈교에서도 많이 만들어내지 못했다고 알고 있습니다."

"으음! 그런데 대체 어찌하여 천마신교에선 적대시 하는 혈교에 대해 그리 상세히 알고 있는 것이오? 적의 정보를 알아내는 것은 결코 쉽지 않았을 것이고, 그것이 이런 귀한 것이라면 더더욱 어렵지 않소이까?"

기태향의 물음에 우혁은 작게 웃으며 답해주었다.

평소라면 웃지도 않겠지만 상대는 성주다.

약간의 친절을 보여서 나쁠 것이 없다는 군사의 조언이 있었기에 그는 미소를 내보이고 있었다.

"본교에 투항한 자들 중에는 혈교의 수뇌였던 사람이 있습니다. 그를 통해 많은 것을 알아낸 것이지요."

"그렇구려."

'천마신교라는 곳이 지금은 날 돕고 있다곤 하지만 참으로 위험한 곳이로구나. 하늘이신 폐하를 두고서도 천마라 불리는 교주를 하늘로 여기며 숭배하고 있음이니. 훗날큰 위협이 될 수도 있겠구나.'

도움을 받고 있는 처지이지만 그 머릿속은 복잡하기 그지없다.

허나, 어쩔 수 없는 일이다.

무림의 생리를 모르는 그로선 언제고 황실을 위협할 적대 세력으로 생각될 수밖에 없었다.

그런 기색을 어느 정도 읽어내긴 했지만 우혁은 아무 말하지 않았다.

미리 군사에게 언질을 받았기 때문이다.

우혁이 이 자리에 있게 된 것도 임무를 거의 다 마쳐갈 때쯤 날아든 군사의 연락 때문이었다.

자신이 해야 할 일을 지시 받는 즉시 우혁은 빠르게 이동을 한 끝에 겨우겨우 시간을 맞출 수 있었다.

아니, 사실 운이 좋았다고 밖에 말 할 수 없다.

시비가 가족들의 목숨을 위협받는 중에서도 머뭇거리지 않았다면 말이다.

어쨌거나 덕분에 신교로선 그에게 빚을 하나 지울 수 있었다.

결코 나쁘지 않은 일인 것이다.

아직 가야 할 길이 멀긴 하지만 이 모든 것이 신교를 위하는 길임을 알기에 우혁은 최선을 다해 일하고 있었다.

그렇게 우혁이 고생하는 동안 도현들은 마침내 검각의 입구에 도착 할 수 있었다.

다른 사람들의 눈을 피하기 위해 수차례 배를 갈아탄 끝에 도착한 검각을 보며 소진과 비연은 수많은 감정이 얽히는 듯 멍하니 바라만 본다.

그러는 사이 검각을 처음 본 도현들은 연신 사방을 둘러보기 바쁘다.

그들에게 허락된 것은 선착장뿐이지만 그것만으로도 충분했다. 본래는 이곳에도 발을 딛지 못하는 것이 원칙이지만 제 아무리 검각이라도 천마인 도현을 막을 순 없는 일이다.

그렇기에 금남(禁男)의 구역임을 들어 선착장만 허락한 것이다. 도현 역시 그런 사실을 알기에 흔쾌히 받아들인 것이고.

그러는 사이 멀리 검각에서 한 무리의 인원이 밖으로 흘러나온다.

겨우 십여 명 밖에 되질 않는 그들의 선두에는 검각주가

서 있었고, 그 뒤로 장로들이 굳은 얼굴로 따르고 있었다.

검각주의 설명으로 이번 사태에 대해 알고 있는 소수의 인원만이 이 자리를 향해 움직이고 있는 것이다.

오늘을 위해 일부러 검각주는 검각 전체 인원에 대한 대규모 수련을 지시했다. 그렇기에 평상시라면 이곳을 지키고 있을 인원조차 수련에 매진하고 있는 것이다.

"각주님을 뵙습니다!"

동시에 외치며 무릎을 꿇는 소진과 비연.

가볍게 고개를 끄덕여 인사를 받은 검각주는 도현을 보며 포권을 취했다.

"검각을 맡고 있는 화연검 사도향이라 합니다."

"천마 천도현이라 하오."

마주 포권을 취하는 도현.

오만할 수도 있는 그의 인사였지만 누구하나 무례하다 나서지 않는다.

당연한 일이다.

그 혼자서도 검각을 무너트릴 수 있는 능력을 지니고 있는 자다. 그런 자를 상대로 간 크게 나설 수 없는 것이다.

그것이 아무리 소진과 관련되어 있는 자라 하더라도.

"약속대로 소진은 지금 이 시간 부로 검후의 자리에서 박탈하며 본각에서 파문할 것입니다."

"개의치 않겠습니다."

그녀의 말에 도현은 한 발 물러서며 앞으로 벌어지는 일에 대해 개입하지 않겠다는 뜻을 확실히 했다.

지금부턴 검각의 일이다.

도현이라 하더라도 타 문파의 일에 개입하는 것은 결코 좋은 모습이 아니었다.

그런 도현을 따라 일행들 모두가 뒤로 물러선다.

자리가 만들어지자 검각주가 소진의 앞에 나섰다.

"검후 소진은 각주의 명을 따르라!"

"하명하십시오."

고개를 숙이는 소진.

그 모습에 검각주의 눈에 잠시 슬픔이 서리지만 곧 두 눈을 감으며 소리쳤다.

"이 시간 이후 그대에게 칭해진 검후의 직책을 폐한다! 또한 그대를 파문한다! 이에 이의 있나?"

"죄송합니다."

"집행하라!"

검각주의 명이 떨어짐과 동시 두 사람의 장로가 앞으로 나서며 그녀를 붙들어 일으켜 세웠다.

"본각에서 파문 된자! 본각에서 얻은 모든 것을 내려놓을 지다!"

말과 함께 힘차게 휘둘러지는 검각주의 손.

퍽!

작은 소음과 함께 소진의 단전이 깨져나간다.

정확하게 두들긴 것이다.

끔찍한 고통이 온 몸을 덮치지만 소진은 이를 악물었다. 자신이 원해서 모두의 기대를 저버리고 검각을 나가는 것이다.

'내게…… 소리를 내 지를 권한 따윈 없어! 버텨! 이를 악물어!'

끊임없이 스스로를 채찍질한다.

온 몸에 충만하던 기운들이 끔찍한 고통과 함께 사라진다.

내공이 흩어지고 있었다.

"본각의 무공은 누구에게도 전수 할 수 없음이니, 그대의 사지를 폐한다!"

말과 함께 검각주의 허리춤에 있던 검이 뽑혀 나오더니 정확하게 소진의 사지 근맥을 잘라낸다.

순간 튀어 오르는 피는 양옆의 장로들이 재빨리 혈을 막음으로서 금세 줄어든다.

몸의 힘이 빠지며 몸이 무너지는 것을 장로들이 붙들어 준다.

"본래 그대의 목숨을 앗아야 할 것이나 약속한 것이 있기에 이 정도에서 그친다. 허나, 두 번 다시 그 머리로, 그 입으로 검각의 모든 것을 이야기해선 안 될 것이다!"

"명심 또 명심하겠습니다. 그동안 감사했습니다."

주륵.

극렬한 고통에 그녀의 입에서 선혈이 흘러나온다.

촤아악!

빠르게 바닷물을 가로지르며 움직이는 배.

선실 안에선 도현이 온 힘을 다해 소진을 치료 하고 있었고, 광호들은 도현이 집중하는 데 방해하지 않기 위해 밖으로 나와 있었다.

"생각보다 쉽게 일이 끝난 것 같지?"

"나름의 배려였겠지."

광호의 말에 단리한이 답한다.

천마인 도현이 지켜보고 있는 상황이니 그보다 심하게 할 수 없었을 테다. 게다가 검각 입장에서도 최대한 뒷말을 만들지 않기 위해서라도 간소하게 할 필요가 있었다.

"이제 소진은 공식적으론 죽은 사람이 되는 건가?"

"그렇겠지."

모두들 쓰게 웃는다.

한 세력의 자존심을 지키기 위해 저들은 많은 것을 준비하고 움직이고 있었다.

이해는 가지만 역시 서글퍼지는 것은 어쩔 수 없는 일이다.

어쩌면 자신들에게도 벌어 질 수 있는 일이니까.

끼익-!

그때 선실의 문이 열리며 도현이 밖으로 나왔다.

"괜찮습니까?"

많은 것을 응축하고 있는 단리한의 물음에 도현은 고개를 끄덕였다.

"치료는 성공적으로 끝났어. 남은 것은 정신을 차리는 것인데…… 이것만큼은 시간이 걸릴 수밖에 없겠지. 남은 치료는 신교로 이송한 뒤에 살펴보는 수밖에."

"수고하셨습니다."

단리한의 말에 도현은 피식 웃으며 배의 난간에 걸터앉는다.

"다들 각오해."

갑작스런 도현의 말에 모두의 시선이 그에게 향한다.

"소진을 신교로 보내고 나면 다들 힘든 일정을 소화해야 할 거야. 일이 얼마나 진척이 되었는지 모르겠지만 쉬지도 않고 움직여야 할 때가 머지않았으니까."

도현의 말에 모두들 굳은 얼굴로 고개를 끄덕이며 각오를 다진다.

확실히 이젠 머지않았다.

신교의 깃발이 중원 하늘 높이 올라갈 시기가.

天魔无上 7章.

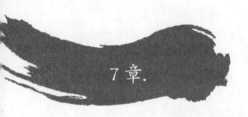

7 章.

시작은 귀주였다.

우혁이 정체를 감추고 빠르게 움직였던 보람이 있던 것인지 혈교에 소속된 문파들이 움직이기 시작한 것이다.

순식간에 귀주 전체가 화약고처럼 변해버렸다.

혈교 무인들이 보이진 않지만 결코 혈교의 승낙 없이는 동원할 수 없을 정도로 많은 인원이 동원된 싸움.

사황성 역시 즉각 전력을 동원했다.

제 아무리 혈교에 스스로 무릎을 꿇은 문파들이 힘을 뭉쳤다 하더라도 사황성에 비견하긴 힘들었다.

그런 시기.

미묘한 곳에서 또 다른 사건이 터지려 하고 있었다.

호남의 강자인 형산파(衡山派).

중원오악(中原五嶽)의 한 자리를 차지하고 있는 형산에 자리를 틀고 앉은 그들은 역사는 오래되지 않았으나 중소 문파의 난립으로 어지럽던 호남을 단숨에 평정한 문파로 빠른 속도로 그 세를 불려가고 있는 곳이었다.

특히 형산파의 문주인 중양검(重洋劍) 마도원은 칠왕(七王)의 일인으로 그 실력은 말 할 것도 없고, 인품으로도 뛰어난 자로 평가 받고 있었다.

그런 중양검의 이름에 이끌려 형산파는 날이 갈수록 발전하고 있었다.

"……준비는?"

"이미 전 제자들이 문으로 복귀했으며 속가제자들 역시 발 빠르게 집결을 하고 있습니다!"

"이번 기회에 혈교 놈들을 물리치고 중원 전역에 본파의 이름을 드높일 수 있는 절호의 기회입니다."

"그렇습니다! 이번 기회를 잘 이용한다면……!"

"닥쳐라!"

한참 떠들던 장로들의 입을 다물게 한 것은 다른 사람도 아닌 바로 문주인 중양검이었다.

평소 웃길 좋아하던 그의 얼굴은 심하게 굳어 있었고, 두 눈에는 분노마저 서리고 있었다.

지금의 형세를 이해하지 못하고 떠들어 대는 장로들에

대한 분노인 것이다.

"지금 상황을 제대로 알고 떠들어대는 것인가?! 혈교다! 혈교란 말이다! 사황성과 백도맹이 애를 먹고 있는 그 혈교란 말이다!"

"하, 하지만 지금 사황성과 백도맹은 의견이 일치되지 않아 제대로 된 힘을 발휘하지 못하는 것이지 않습니까? 제대로 힘을 쓸 수만 있다면야 혈교 따위가 무슨 문제가 되겠습니까?"

장로 중 한 사람의 말에 중양검은 머리를 짚는다.

백도맹의 몇몇 장로들이 자신들의 잘못을 덮기 위해 한 말이 이젠 사실처럼 받아들여지고 있었다.

혈교의 무서움이 반감되고 있는 것이다.

그것이 나쁜 것은 아니지만 지금 상황에선 결코 좋지 않았다.

이 모든 사단이 벌어진 것은 정확하게 오일 전 한 통의 서첩이었다.

혈교에서 날아든 그것은 앞으로 열흘 후 형산파를 공격하겠다는 무례하면서도 정중한 서첩이었다.

대체 왜 이런 짓을 하는 것인지 알 수 없지만 혈교가 움직이기 시작한다면 결코 형산파 혼자의 힘으론 버틸 수 없다고 판단한 그는 발 빠르게 제자들을 불러 모았다.

동시 백도맹에 도움을 청했지만 누구도 제대로 움직이

지 않았다.

서로 눈치를 보고 있는 것이다.

'결국 본파의 힘으로 버텨야 한다는 것인데…… 문제로
군. 상황이 이래서야.'

당장 똘똘 뭉쳐 싸워야 할 장로들부터 이러고 있으니 정
작 싸움이 벌어지면 적들의 무서움에 순식간에 세력 자체
가 와해 될 수도 있었다.

으득!

이를 악문 중양검은 우선 장로들부터 제대로 된 정보로
설득을 시작했다.

우선 지휘를 해야 하는 자들에게 제대로 된 생각을 집어
넣는 것이 먼저였다.

그러는 사이에도 혈교가 예고한 시간은 빠르게 다가오
고 있었다.

"큭큭, 지금쯤 난리가 났겠군."

허독량이 재미있겠다는 얼굴로 웃는다.

그 모습을 보고 있던 군사 혈뇌는 마음에 들지 않는다는
얼굴로 입을 열었다.

"굳이 이럴 필요가 있겠습니까? 게다가 교주님께서 오
시지 않은 상황에서 호남을 도모한다는 것은…….."

"그러니까! 사부님께서 기뻐할 만한 상황을 만드는 거

지! 사부님께서 합류하셨을 때 호남을 받친다면 얼마나 좋아하시겠나? 게다가 당장 터질 것 같은 수하들의 힘을 어느 정도 분출할 필요도 있고 말이야."

"으음……!"

그 말에는 혈뇌도 반박 할 수 없었다.

혈마의 합류가 생각보다 늦어지면서 그도 많은 고민을 하고 있었기 때문이었다.

그런 때에 소교주인 허독량이 먼저 움직였다.

이미 벌여놓은 일이니 그로선 최대한 협력하는 수밖에 없었다. 그렇기에 이 자리에 나와 있는 것이고.

"자, 가자!"

허독량의 명령과 함께 수천에 이르는 혈교의 무인들이 기세를 올리며 움직이기 시작했다.

형산을 향해서.

'흐흐흐, 의심하고 또 의심해라.'

뒤편에서 자신을 의심하는 눈길로 쳐다보고 있을 혈뇌를 생각하며 허독량은 속으로 웃었다.

갑작스레 이런 일을 벌인 이유는 여러 가지가 있지만 결정적인 것은 바로 빙설하의 흔적을 발견한 것이 컸다.

우연히 정보망에 걸려든 것이다.

정체를 알 수 없는 자들과 함께 있다는 것이 살짝 걸리긴 하지만 그 정도는 아무래도 상관없었다.

지금 자신의 실력이라면 무림의 누가 온다 하더라도 쉽게 밀리지 않을 자신이 있었으니까.

어쨌건 빙설하가 지금 인근에서 움직이고 있다고 했다.

일부러 교의 행사를 방해했다는 것을 감안한다면 분명 호남에서 벌어지는 일에도 관여하기 위해 움직일 것이 분명했다.

관여하지 않는다 하더라도 최소한 관심을 가지고 인근으로 올 것이 분명했다.

그때를 기다렸다가 그녀를 붙잡는 것이 허독량의 진정한 목표였다.

물론 그러는 사이 형산파를 제거하고 호남을 차지한다면 그것으로도 충분히 좋은 일이 될 것이다.

그런 생각을 가지고 그는 혈교의 전력을 충분히 움직이고 있는 것이다.

'자… 언제 올 것이냐.'

그의 눈에 살기가 감돈다.

❀

멀리 떠나는 배를 지켜보는 도현.

소진을 태운 배는 돛을 가득 펼치고 빠른 속도로 움직이고 있었다. 그 배의 주변으로 하나 둘 모여드는 몇 척의 호위선들.

이곳으로 올 때는 만약을 위해 몇 번이고 배를 갈아탔지만 돌아갈 때는 최대한 빠르게 움직이기 위해 쉬지 않고 강을 거슬러 올라갈 것이다.

"가자."

배가 시야에서 사라지고 나서야 도현은 등을 돌렸다.

도현의 뒤를 따르는 광호들.

도현을 포함해도 겨우 다섯 밖에 되지 않는 일행이지만 이들의 실력이라면 어지간한 문파 하나를 무너트리는 것은 어렵지 않을 정도였다.

그런 그들이 향하는 곳은 바로 호남이었다.

"그동안 움직이지 않던 혈교가 움직였다는 것은 혈마가 합류를 했거나, 허독량이 욕심을 내고 있다는 뜻이야. 근래 주변에서 날파리들이 움직이는 것을 생각하면 내가 목표일 수도 있겠어."

빙설하가 편하게 이야기하자 도현은 고개를 끄덕이며 동의했다.

요즘 들어 자신들의 주변을 살피는 자들이 부쩍 늘었다.

철저히 정체를 숨기고 있는 와중에도 자신들을 감시할 정도의 세력은 그리 많지 않다.

은밀히 조사해 본 결과 역시 그 선이 혈교에 닿고 있었다.

"역시 나도 얼굴을 가릴 걸 그랬나봐."

"그래봤자 그 독특한 머리카락 때문에 소용 없었겠지."

웃으며 도현이 말하자 빙설하 역시 웃으며 자신의 은발을 매만진다.

무림에선 너무나 눈에 띄는 색이다.

자신이 익히는 무공에 따라 간혹 머리카락의 색이 변하는 사람들이 있긴 하지만 자신처럼 은발이 되는 경우는 거의 없었다.

언젠가 혈교에서 눈치를 챌 것이라 생각은 하고 있었지만 이런 시기가 될 줄은 몰랐다.

"어차피 벌어질 일이었으니 신경 쓰지 마라."

도현의 말에 고개를 끄덕이는 빙설하.

그러는 사이 일행의 속도는 점차 빨라지기 시작하더니, 얼마 지나지 않아 일반적인 무림인들도 쫓기 어려울 정도로 빠른 속도로 움직이기 시작했다.

파바밧!

"이 정도라면… 삼일이면 도착하겠군. 아슬아슬한가?"

작게 중얼거리는 도현.

관도를 벗어나 산을 일직선으로 뛰어넘는 일행의 움직임은 거침없었다.

형산은 중원오악의 하나로 꼽힐 만큼 험준함을 자랑한다.

그런 형산에 자리를 튼 형산파이기에 문파에 한 번 들어가기 위해선 험준한 길을 연신 올라야 한다.

문파에 오르는 것만으로도 훌륭한 하체 운동이 될 정도다.

그런 형산파에 사람들이 가득 모여 있었다.

형산파의 직계 제자는 물론이고 속가제자들까지 수많은 사람들이 모여있었다.

뿐만 아니라 형산의 아래 형산파로 향하는 입구에는 수천에 달하는 형산과 관련된 문파의 제자들이 집결해 있었다.

과연 최고의 성세를 구가하는 문파답게 수천의 무인을 어렵지 않게 동원한 것이다.

그럼에도 불구하고 형산파의 상황은 그리 좋지 않았다.

"혈교 무인이 수천?! 정확한 숫자는?"

"확실하진 않습니다만 대략 오천은 넘어가는 것 같습니다. 가까이 접근 할 수 없어 정확하게 알아낼 순 없다 합니다."

제자의 보고에 고개를 끄덕이며 손짓으로 회의실에서 내보내는 중앙검.

그가 오랜 시간 공을 들여 혈교의 무서움에 대해 이야기한 보람이 있는 것인지 회의장에 모인 대부분의 사람들이 굳은 얼굴이다.

이제야 혈교의 무서움에 대해 깨달은 것이다.

생각해보면 형산파의 규모에 뒤지지 않는 문파들이 여럿 어렵지 않게 무너졌음에도 불구하고 왜 그들을 가벼이 여겼는지 알 수 없을 정도였다.

게다가 결국 백도맹은 아무런 지원을 해주지 않았다.

다시 말해 혈교의 공격을 형산파 혼자의 힘으로 버텨야 한다는 것이다.

"아직 제자들에게 알리지 않아도 되겠습니까?"

누군가의 물음.

혈교에 대한 유언비어를 차단하고 그들의 강함에 대해 충분히 이야기 해놓기는 했지만, 아직 경험하지 않아서인지 대부분 혈교를 경시하는 측면이 있었다.

그것을 상기한 것인데 중앙검은 고개를 저었다.

"지금은 사기가 높을수록 좋아. 당장은 그냥 두는 것이 좋겠지. 문제는 앞으로다. 어디에서 놈들을 막아 내냐는 것이 중요하다. 제일 좋은 곳은 이곳이겠지만… 아무래도 어렵겠지."

형산파가 자리를 잡고 있는 곳은 천연의 요새를 겸하는 곳이지만 대규모의 인원이 싸우기엔 부족한 곳이다.

거기에 이곳이 무너지면 형산파 자체가 사라진다.

최악의 경우를 생각해서라도 이곳에서 싸우는 것은 최후로 미루지 않으면 안 된다.

"결국 싸워야 할 곳은 산 밑이 되겠군요. 이곳에서 멀지 않은 곳에 있는 평원이 제격이겠지요. 그곳이라면 혈교 놈들이 술수를 쓸 수도 없을 테고, 수 적으로 우위에 있는 저희가 유리 할 겁니다."

"역시 그곳 밖에 없나."

장로 중 한 사람의 말에 모두들 고개를 끄덕인다.

현재 이곳에 모인 인원은 근 칠천에 가깝다. 여기에 아직도 이곳으로 향하고 있는 뜻있는 무림인들도 있으니 당일 날에는 근 일만에 달하는 숫자가 집결할 것이 분명했다.

"좋아! 전 제자들에게 철저히 준비 할 것을 명하고 다들 마음 단단히 먹어라! 본파의 미래를 건 싸움이 될 테니까!"

"명!"

마침내 혈교가 예고한 당일날 형산파에서 먼저 선점하고 나선 평원에는 예상대로 근 1만에 달하는 무인들이 집결했다.

이 중 칠천 정도가 형산파와 연관이 있는 이들이었고, 나머지는 자발적으로 이 자리에 모인 자들이었다.

무려 1만에 달하는 사람들이 군집하다보니 자연스럽게 사기는 높아질 수밖에 없었다. 시끌시끌한 상황에서도 나름의 질서를 유지하고 있을 때 마침내 거대한 붉은 깃발과 함께 놈들이 모습을 드러낸다.

척척척!

마치 군(軍)이 이동하는 것 같이 오와 열을 맞추어 움직이는 놈들.

곳곳에 내걸린 붉은 바탕에 검붉은 글씨로 써진 혈(血)자가 놈들 스스로의 정체성을 드러낸다.

혈교는 천천히 이동을 하더니 마침내 삼백 장 정도를 두고 멈추어 선다.

삼백장이라곤 하지만 무인들에게 있어 그 정도 거리는 단숨에 이동을 할 수도 있는 그리 멀지 않은 곳.

일단 멈추어선 그들은 어떠한 반응도 보이질 않았다.

그러길 잠시 후.

스스슥.

약간의 움직임이 있고 천천히 그들의 앞으로 한 사람이 모습을 드러내더니 정확히 두 집단의 중간에 멈춰 선다.

"형산파의 문주는 앞으로 나와라. 나는 혈교의 소교주 허독량이라 한다."

웅성웅성-.

마침내 허독량의 이름이 정식으로 무림에 드러나는 순간이었다.

그의 초대에 거절하지 않고 중양검은 곧장 몸을 날렸다.

파바밧!

와아아아!

가볍게 몸을 날려 한 번에 허독량의 앞에 착지하는 그 모습에 감탄한 형산파 쪽에서 함성이 터져 나온다.

하긴 어지간한 실력으로는 단숨에 백장 이상을 이동하는 것이 불가능한 일이다.

"생각보다 어리군."

"무림에 어린이와 늙은이를 조심하라는 격언도 들어보지 못한 모양이지?"

"…그렇군."

혈기를 흘리는 허독량의 기세를 살피며 중양검은 자신이 말실수를 했음을 인정했다.

생각보다 어리게 보여 놀랐을 뿐, 그 실력은 결코 자신의 아래에 둘 수 없을 것 같았다.

"난 별로 할 말이 없는데, 우리 군사가 하도 괴롭혀서 말이야. 안들을 것 같지만 권고하지. 항복하지?"

"정의에 뜻을 두고 일어선 본파다. 마교 따위에 무릎 꿇을 생각은 없다."

"마교? 아아… 그러고 보니 근래 그런 이름으로 불리고 있다는 보고가 들어오긴 했었지."

웃는 허독량.

혈교라는 이름보다 마교라는 이름이 개인적으론 더 마음에 들었던 탓이다.

"그래… 항복할 생각이 없다는 것이겠지? 좋아! 나로서도 바라던 바이니. 정확히 반 시진 뒤에 우리는 움직일 것이다. 그때까지 준비를 하건, 먼저 공격을 하건 알아서해."

휙!

말을 끝내기 무섭게 몸을 날려 사라지는 허독량.

그 모습을 보며 중양검은 얼굴을 굳힌다.

그의 무례함 때문이 아니었다.

순간적이었지만 그에게서 느낀 혈기가 온 몸을 섬뜩하게 만들었기 때문이다.

주륵–.

이마에 흐르는 땀을 손등으로 닦아내며 중양검은 이번 사건이 자신이 생각했던 것보다 훨씬 더 위험 할지도 모른다 생각했다.

'어쩌면… 형산파의 역사가 오늘 끝날 지도….'

최악의 상황을 가정하며 이를 악물었다.

"와, 힘 들어라. 겨우 시간 맞췄네."

광호가 투덜거리며 말했지만, 정작 그의 얼굴엔 땀방울 하나 맺히질 않았다.

당연한 일이다.

일행 중 도현을 제외하고 가장 경공에 자신이 있는 사람이 바로 그였으니까. 지금까지보다 훨씬 더 빨리 움직여도 여유 있게 도착 할 수 있었을 테다.

그에 반해 나머지 일행은 숨을 몰아쉬며 흐르는 땀을 닦아내고 있었다.

아무리 무공에 자신이 있다곤 하지만 거의 쉬지 않고 며날 며칠을 이동하는 것은 어려운 일이었다.

특히 단리한은 당장이라도 쓰러질 듯 거친 숨을 토해낸다.

"그러니까 평소에 운동 좀 하라니까."

"헥헥, 그게 무슨 말입니까."

"지금 네 꼴을 보면 그런 소리 밖에 안나오겠는데?"

반쯤 놀리는 광호를 보며 단리한은 이를 갈았다.

운동이라고 포장을 했지만 실제론 무공을 더 갈고 닦으라는 말이다.

문제는 단리한 자신도 그동안 쉬지 않고 열심히 무공을 수련했다는 것이다. 덕분에 비약적으로 실력이 상승하긴 했지만 일행 중 가장 무공이 떨어지는 것은 어쩔 수 없는 사실이었다.

본래는 예미향이 가장 약했지만 무슨 연유에선지 지금 그녀의 실력은 그를 상회하고 있었다.

그만큼 노력을 했다는 뜻이지만 단리한으로선 참 허망한 이야기였다.

그 역시 뛰어난 재능을 가지고 있지만 다른 사람들에 반해 조금 떨어지는 것은 어쩔 수 없다.

그것을 극복하기 위해 사부인 마선의(魔仙醫)에게 많은 것을 배우고 있는 그다. 덕분에 무공을 제외한 부분에선 누구보다 열심히 인 그이지만 역시 이런 일이 벌어지자 분한 것은 어쩔 수 없다.

"상황을 지켜보기 좋은 자리이니 당분간 여기서 쉬도록 하지."

상황을 지켜보던 도현이 말하자 모두들 편하게 자리를 잡는다.

"계속 지켜보실 생각이십니까?"

"일단은."

단리한이 다가오며 묻자 도현은 시선을 돌리지 않고 대답한다.

그의 두 눈은 저 멀리 혈교과 형산파가 대치하고 있는 곳을 향하고 있었다.

멀리서 보기에도 두 세력 모두 기세가 드높다.

하지만 객관적으로 봤을 때 형산파가 지극히 불리했다.

숫자는 거의 두 배 정도 적지만 마공과 비슷한 원리를 가지는 혈공이다. 여기에 피를 보면 볼수록 강해지는 혈공의 특성상 이런 집단전에선 강한 파괴력을 지닌다.

'형산파의 문주는 혈공의 특징을 아직 파악하지 못하고 있다. 그것을 알아차리지 못하는 한은 이 싸움은 금세 끝날 수도 있을 거야.'

이 싸움은 차후 신교와 혈교의 싸움에서도 통용이 될 것이기에 도현은 이번 기회에 혈교의 능력을 살피기로 마음먹고 있었다.

딱히 자신들이 나서서 형산파를 도와야 하는 것도 아니기에 차라리 혈교의 집단전을 살펴 볼 수 있는 좋은 기회라 여긴 것이다.

신교과 혈교의 싸움은 지금처럼 집단전이 될 수밖에 없겠지만 형산파와 다른 것은 큰 파괴력을 지녔다는 것이다.

다시 말해 혈교 무인들이 피에 취하기 전에 끝장을 낼 수 있다는 것이다.

여기에 더해 지금 상황은 혈교 무인들이 월등히 강하지만, 신교 무인들 역시 그에 뒤지지 않는다.

비슷한 실력의 상대에선… 혈공의 위력 따윈 개의치 않아도 문제가 없었다.

이 모든 것은 악의가 써놓은 책 덕분이었다.

그는 수많은 무인들을 죽이고 해부했다.

거의 모든 무공에 대해 정보를 가지고 있다고 봐도 무방했고, 그러다보니 자연스럽게 혈공과 마공이 서로 비슷하면서도 다르다는 사실을 알 수 있었다.

"시작할 모양입니다."

단리한의 말과 함께 모두가 도현의 곁으로 늘어선다.

"놈들을 쳐라!"

"정파의 기운을 드높여라!"

와아아아–!

거대한 함성과 함께 먼저 움직인 것은 형산파였다.

허독량이 주었던 반 시진보다 조금 더 빠른 시간이었다.

일제히 움직이는 적들을 보며 허독량은 비릿한 미소와 함께 명령을 내린다.

"죽여."

"존명!"

거대한 함성이 평원을 뒤덮으며 일제히 달려가는 혈교 무인들.

오늘따라 그들이 입고 있는 혈의에서 피 냄새가 진하게 나는 듯하다.

크아아악!

우와아아!

비명과 함성소리가 뒤섞이며 거대한 충돌이 일어난다!

"크하하하! 죽여라! 다 죽여 버려라!"

눈앞에서 벌어지는 거대한 싸움에 허독량은 크게 웃으며 수하들을 독려한다.

허나, 그는 자리에서 움직이지 않았다.

그러고 보니 그를 중심으로 약 천 명 정도의 무인들은 자리를 지키고 있었다.

나머지 인원이 움직이고 있었는데, 그것만으로도 충분하다는 듯 그들은 온 사방을 휘저으며 혈풍을 일으키고 있었다.

- 찾았습니다.

때마침 전음으로 전해지는 소식 하나.

본래 이곳으로 오던 인원은 모두 육천이었다.

그 중 일천을 은밀히 때어내어 사방에 흩어놓았다.

목표는 단 하나.

빙설하였다.

- 어디지?

- 소교주님의 오른편에서 조금 위쪽으로 대략 육백 장입니다. 그런데 정체를 알 수 없는 자들과 아직도 함께 있습니다. 그 수는 모두 넷입니다.

- 수준은?

– 목표와 비슷하거나 조금 떨어져 보입니다.

수하의 보고에 잠시 턱을 쓰다듬으며 고민하던 허독량의 시선이 뒤편을 향한다.

그의 뒤편에 서 있는 수십의 인물들.

혈교 내에서도 강력한 힘을 가지고 있음과 동시 철저히 혈마에게 복종하는 자들로, 소교주의 직책을 가지고 있으면서도 그들을 쉬이 부릴 수 없는 이들이었다.

이곳으로 직접 오지 못하는 혈뇌가 허독량을 보조하게끔 함께 보낸 것이지만, 실상은 허독량이 돌발 행동을 하지 못하도록 감시하는 역할이나 마찬가지다.

그렇지만 혈공을 익힌 자들이 어딜 가겠는가.

눈앞에서 코를 찌르는 혈향이 날아들고, 피가 튄다.

혈인으로서 쉬이 참아 넘길 수 없는 강렬한 유혹이었고, 그것을 증명하기라도 하듯 그들의 얼굴이 붉게 상기되어 있었다.

그저 본능에 이끌려 움직이지 않는 것은 혈뇌의 부탁을 받았기 때문이었다.

'어쩐다⋯⋯.'

허독량에게도 저들은 문제였다.

자신의 생각대로 움직이기 위해선 저들의 눈을 피하는 것이 먼저였다.

"나는 이곳에서 움직이지 않을 생각이니 마음 것 날뛰

어 보는 것이 어떤가?"

"……저희가 받은 명령은 소교주님을 호위하는 것입니다."

"이럴 때가 아니면 언제 이런 신선한 피를 얻을 수 있겠나? 약속하지. 이곳에서 움직이지 않을 것임을. 어차피 내가 움직인다 하더라도 자네들의 실력이라면 금세 따라 잡을 수 있지 않는가."

"……."

그 말에 끌리는 것인지 대답이 없다.

하지만 얼마 지나지 않아 결국 허독량의 꼬임에 넘어간 그들은 일제히 전장을 향해 달려들었다.

혈교 무인이라면 누구든 피를 갈구한다.

그것은 본능에 가까운 것이었고, 그것을 거부하기란 여간 어려운 것이 아니다.

혈공의 약점이라면 약점인 것이다.

자신에게 주어지던 시선이 떨어져 나가자 허독량은 즉시 움직였다.

기다렸다는 듯 허독량의 앞을 몇몇 사내들이 가리고, 금세 허독량은 평범한 혈의로 갈아입는다. 그 사이 허독량이 입고 있던 옷을 입은 자가 자리에 섰다.

멀리서 본다면 영락없는 허독량으로 보일 정도다.

"그럼 시작해 볼까?"

스스슥!

여유로운 말투와 함께 빠르게 움직이는 그!

그가 사라지자 남은 이들은 허독량의 신형이 거의 보이지 않을 정도로 빽빽하게 둘러싼다.

그러는 동안에도 평원에서의 싸움은 치열하게 이어지고 있었다.

天魔飛上 8章.

8 章.

"이거 형편없는데요? 그래도 형산파라고 하면 구파일방
에는 미치지 못하지만 수십 년 안에 충분히 그 정도 규모
로 커질 것이라 예상하는 곳이 아닙니까?"

"어디까지나 예상이라는 소리지. 쯧쯧, 처음부터 계획
을 제대로 세워서 움직였으면 지금보다 나았을 테지
만…… 이미 늦었어."

평원의 상황을 지켜보던 단리한의 물음에 마광호는 냉
정한 눈으로 상황을 분석하며 고개를 흔들었다.

평소에는 가볍게 행동하는 그이지만 이럴 때만큼은 누
구보다 날카로운 눈으로 상황을 분석하는 남자였다.

그렇기에 사부인 혈영신투(血影神偸)의 뒤를 이어 신교

의 정보를 총괄 할 수 있었던 것이고.

"내가 봤을 때 앞으로 반시진 안에 승부의 행방이 갈라지게 될 거야. 개개인의 능력을 절대적으로 활용하면서도 결코 서로의 거리를 길게 두지 않는 혈교에 반해, 형산파의 움직임은 서로 생각이 없어. 오히려 많은 인원을 동원한 것이 패착이 돼버렸어."

정확한 판단을 내리는 광호의 말을 들으며 도현은 속으로 고개를 끄덕인다.

앞으로 신교의 중심이 될 이들이기에 조금이라도 더 많은 것을 보고 배울 수 있다면, 그것만으로도 신교의 미래는 밝다 할 수 있을 것이다.

그때였다.

"움직일 모양이로군."

"예?"

조용히 있던 도현의 돌연한 말에 모두의 시선이 그에게 모였다가 곧 고개를 끄덕이며 가볍게 몸을 푼다.

이미 자신들을 지켜보고 있는 놈들이 있다는 사실은 잘 알고 있었다. 이곳까지 빠르게 움직이는 동안에도 용케 중간 중간 자신들의 경로를 확인까지 했던 놈들이니.

"결국 이렇게 되면 혈교 놈들이라는 것은 확실하고. 노리고 있는 것은… 설하 소저겠군요."

"다들 미안하게 됐어요. 깨끗하게 정리를 했으면 되는

데, 그럴만한 사정이 되질 못해서요. 그래도 다행인 것은 녀석의 성격을 생각해보면 다른 사람들에겐 알리지 않았을 거예요."

쓰게 웃으며 빙설하가 모두를 향해 사과한다.

하지만 그런 사과에도 다들 웃기만 할 뿐 더 이상 입을 열진 않았다.

꽤 오랜 시간 그녀를 지켜본 그들이기에 이젠 빙설하가 혈교와 인연이 없음을 잘 알고 있기 때문이었다.

아니, 그녀 스스로의 선택으로라도 이젠 신교에 남고 싶어 한다는 사실을 잘 알고 있기에 다들 그녀를 위해 움직일 준비를 하는 것이다.

"준비를."

도현의 말에 몸을 풀던 그들은 도현을 중심으로 늘어섰고, 머지않아 일단의 무리들이 기척을 드러내며 도현들을 포위하기 시작했다.

"휘~. 무려 삼중의 포위라?"

휘파람을 불며 멀리보는 광호.

그의 말처럼 혈의를 입은 혈교 무인들이 촘촘하게 원을 그리며 삼중의 포위망을 펼치고 있었다.

어떤 경우라도 결코 놓치지 않겠다는 필사의 각오가 보인다.

"왔군."

그런 상황에서도 평원에서 눈을 떼지 않고 있던 도현이 그 한 마디와 함께 시선을 옮긴다.

짝짝짝.

"이거…… 대물들이 걸려드셨군."

박수와 함께 수풀을 빠져나온 것은 허독량이었다.

허독량은 빙설하와 함께 있는 것이 누구인지 단숨에 알아 볼 수 있었다.

아무리 기척을 숨기고 얼굴을 바꾸었다 하더라도 인간이 가지고 있는 기본은 바뀌지 않는 법이다.

게다가 꿈에서도 죽이고 싶을 정도로 강렬한 인상을 주었던 상대가 아닌가.

"설마 이런 자리에 천마께서 있을 줄은 몰랐군."

우웅!

진한 혈기를 잔뜩 흘리며 말하는 허독량의 얼굴 위로 살기가 가득 떠오른다.

"허독량!"

갑작스레 모습을 드러낸 놈을 보며 빙설하가 놀란 듯 외친다. 그제야 본래 목표가 누구였던 것인지 깨달은 허독량이 그녀를 바라본다.

"큭큭, 깜빡 했군. 설마 그곳에서 살아 돌아왔을 줄은 몰랐어. 하긴 저 놈이 살아 돌아왔을 때 생각을 해놨어야 하는 것인데 말이야. 설마 적에게 구차하게 목숨을 구해

받았을 것이라곤 생각지 못한 내 실수야."

으득!

이를 악 무는 빙설하.

본래 두 사람은 사이가 그리 좋지 않았다.

후계 자리를 두고 경쟁을 했으니 당연한 이야기지만 그 이. 전에 서로에 대한 감정이 크게 좋지 않았다.

생리적으로 맞지 않는다는 표현이 맞으리라.

웅웅-.

숲을 가득 채우는 혈기.

허독량 뿐만 아니라 그가 데려온 수하들에게서도 강렬한 혈기가 흐르고 있었다.

그에 긴장을 하는 빙설하.

"흐흐흐, 어때? 특별히 본교 최강의 전력 중 하나인 혈우파천대(血雨破天隊)를 끌고 왔는데 말이야. 솔직히 과한 전력이 아닐까 생각했는데, 이제와 보니 이러길 잘 했다는 생각 밖에 들지 않는단 말이지. 이 자리에서 최고의 걸림돌을 제거 할 수 있다면 말이야!"

파앗!

말이 끝나기 무섭게 달려드는 허독량!

어느새 뽑아든 놈의 검은 붉은 빛을 뿌린다.

그에 맞추어 도현이 놈을 향해 달려들었다.

놈에게서 보이는 힘의 파편.

빙설하가 감당 할 수 있는 것이 아니란 판단에서였다.

콰아앙!

굉음과 함께 사방으로 충격파가 비산하고 그것을 신호로 혈우파천대가 움직이기 시작한다.

"진(陣)이다! 발동하기 전에 파훼한다!"

"하앗!"

광호의 말이 떨어지기 무섭게 일제히 몸을 날리는 모두들!

잠시 허독량을 바라보던 빙설하 역시 혈우파천대를 향해 몸을 날린다.

자신이 상대 했으면 좋겠지만 이미 도현이 선점을 했으니 남은 것은 혈우파천대 밖에 없는 것이다.

그녀의 검에서 강렬한 마기가 뿜어져 나간다.

카카칵!

맞댄 검이 연신 거친 소리를 토해내고 눈앞에 마주친 놈의 얼굴이 역겹다고 여길 때 도현은 허독량을 향해 말했다.

"하나 묻지."

"크크큭! 우리가 서로 말을 주고받을 사이였던가?!"

쾅!

웃으며 검에 내공을 불어 넣어 강하게 밀고 들어오는 허독량.

그의 검이 집요하게 도현의 심장과 목을 노리고 날아든다.

쳐내고, 끊어내도 어떻게든 부활하여 집요하게 날아든다.

지독한 집념.

아무리 도현이라도 얕잡아 볼 수 없다.

떠떵! 떵!

도현의 검이 매끄럽게 움직이며 허독량의 검을 쳐낸다.

자리에서 한 치도 움직이지 않은 채 두 사람의 검은 눈에 보이지 않는 속도로 빠르게 부딪쳐 간다.

서로의 검이 부딪치고 있다는 증거라곤 오직 허공에서 연신 터져 나오는 굉음 뿐!

"크큭! 그래, 이거야! 이래야지! 크하하하하!"

광소를 터트리며 더욱 강하게 밀어 붙이는 허독량!

그의 눈은 이미 혈기에 완벽하게 잠식당해 붉게 물들어 있었다.

'그러고 보니 어디선가….'

어디서 봤다 싶어 생각을 해보니 과연 안면이 있던 얼굴이다.

바로 신강 탁골문 사건 때 봤던 자였다.

'그래서 익숙한 것이었군. 그보다 그때와 같은 사람이라고 생각 할 수 없을 정도로 강해졌어.'

확실히 그때와 비교 할 수 없을 정도로 강해진 것이 맞았다. 다른 사람이었다면 지금도 온 몸을 공격할 듯 강하게 압박해 오는 혈기를 버티지 못했을 것이다.

하지만 그가 누군가.

천마(天魔)다.

허독량에겐 미안한 이야기지만 그가 아무리 실력을 키워 온다고 한 들 이젠 도현에게 상대가 될 수 없었다.

천하제일을 다투는 도현에게 있어 허독량은 조금 위협적이고 난폭한 존재일 뿐.

그 이상도 이하도 아니었다.

쩌정!

검을 통해 손으로 느껴지는 강렬한 충격.

"흠!"

일격 일격에 강한 힘이 느껴진다.

자신이 아니라면 일행 중 누구도 쉬이 감당 할 수 없었을 테다.

자신이 생각했던 것보다 혈기와 마기의 상성이 그리 좋지 않았다. 이미 빙설하의 무공을 손보며 느꼈던 것이지만 두 기운은 서로 비슷하면서도 달랐다.

뭐라 딱히 말을 할 순 없지만 말이다.

그의 공격을 받으며 곁눈질로 주변을 둘러보니 다행히 광호들이 잘 싸우고 있었다.

밀리는 기색 없이 오히려 그들을 밀어 붙이고 있었다.

'문제는 이 귀찮은 진법인가?'

그들이 사용하고 있는 합격진이 어떤 종류인지 알 수 없지만 분명 한 것은 걸려든 상대의 몸을 무겁게 하고 기운을 빠르게 소진 시킨다는 것이다.

그에 반해 그들은 혈기를 나눠받으며 지치지 않고 처음부터 끝까지 강대한 공격을 퍼붓고 있었다.

이런 종류의 진법은 워낙 많다보니 이름을 특정 할 순 없지만 공통적인 것은 한 번 발동이 되면 상당히 귀찮다는 것이다.

"하앗!"

기합과 함께 어느새 만들어낸 거대한 검강을 부딪쳐 오는 놈을 보며 도현은 짧게 숨을 들이쉰다.

그 뒤.

정확히 반보 앞으로 뛰어들었다.

순간 빗나가는 검의 궤적.

도현의 검이 부드럽지만 날카롭게 움직여 허독량의 검을 옆에서 쳐낸다.

떠엉-!

쿠콰과과!

굉음과 함께 도현의 옆으로 검의 흔적이 강하게 새겨지고.

텅 빈 허독량의 가슴을 향해 도현의 왼손이 교묘히 움직인다.

쩡!

단 한 번의 장력!

강대한 마기가 허독량의 몸 내부를 휘저으며 강렬한 비명을 내지른다!

"끄아아악!"

비명과 함께 뒤로 날아가는 놈!

콰지직!

가볍게 발출한 것 같은 데도 얼마나 강한 힘이 실린 것인지 몇 그루의 나무를 부수고 나서야 허독량의 몸이 멈춘다.

"컥!"

피를 쏟아내는 그.

하지만 도현은 놈에게서 시선을 때고 점차 강한 위력을 발휘하고 있는 합격진을 펼치고 있는 혈우파천대를 바라본다.

짧은 시간이었음에도 불구하고 이젠 서서히 광호들이 밀리고 있었다.

근 일천에 달하는 혈교 무인들의 힘이 집중되고 있으니 아무리 강한 실력을 갖췄다 하더라도 단숨에 이들을 제압한다는 것은 무리였다.

게다가 허독량 스스로 말하지 않았던가.

혈교 최강의 무력부대 중 하나라고.

'역시 쉽지 않다는 것이겠지. 잘 뜯어보면 지옥만마대와 비슷하거나 약간 위에 있는 것 같기도 하고.'

냉정하게 상황을 판단한 도현은 아직 정신을 차리지 못하고 있는 허독량을 살짝 쳐다본 뒤 단숨에 내공을 끌어올린다.

우우우웅!

거대한 마기가 솟아오르며 도현을 중심으로 폭풍 친다!

스으으.

도현의 오른발이 천천히 떠오른다.

오른발에 집결되는 강대한 내공!

"천마광한보(天魔洸限步)."

짧은 중얼거림과 함께 떠올랐던 그의 발이 가볍게 땅에 착지한다.

그 순간.

쩌저저적!

기괴한 소리가 귓가에 울리고.

그의 오른발을 중심으로 거미줄처럼 원형을 그리며 온 사방으로 뻗어나가는 강렬한 충격파!

콰쾅-!

뒤늦은 굉음과 함께 도현을 중심으로 삼십 장 안의 땅이 무너져 내린다!

"으아악!"

"허헛!"

비명소리와 놀란 소리가 들려오고 순간적으로 놈들이 펼치던 합격진이 흔들린다.

그 틈을 도현은 놓치지 않았다.

우우웅!

어느새 그의 몸 주변으로 검은 마기가 눈에 보일 정도로 강렬한 기세를 띄며 뭉쳐있었다.

"천마굉격권(天魔轟擊拳)."

도현의 주먹이 거대하게 커지는 가 싶더니 검게 물든 주먹이 앞으로 뻗어져 나간다.

우우우-!

콰콰콰콱!

"크아아악!"

"아아악!"

어지간한 일로는 결코 비명을 내지르지 않는 혈교 무인들이 비명을 내지르고 있었다.

그의 주먹과 같은 모양을 한 형상이 지나간 자리엔……

그 어떠한 것도 남아 있지 않았다.

갑작스런 상황에 혈우파천대가 공황상태에 빠졌고, 광호들은 그 순간을 놓치지 않고 놈들의 목을 베었다.

혈교의 전력을 깎아 내릴 수 있을 때 없애는 것이 최고다.

어차피 부딪쳐야 할 상대이니.

"크윽……! 퇴각…… 퇴각하라!"

신음과 함께 눈을 뜬 허독량은 눈앞에서 벌어지는 상상도 못할 상황에 이를 악물며 소리쳤다.

그와 함께 인근에 있던 수하들 몇이 달려와 제대로 움직이지 못하고 있는 허독량을 부축하여 빠르게 달려 나간다.

파바밧!

일제히 몸을 날려 사라지는 놈들을 보며 광호들은 뒤쫓지 않았다.

그저 자리에 주저앉을 뿐이다.

"아이고, 빌어먹을 놈들!"

"헥헥, 생각보다 강한데요?"

"그건 네가 수련을 게을리 해서 그렇고!"

"큭!"

광호와 단리한이 투닥 거린다.

하지만 그 속에는 혈교에 대한 이들의 솔직한 판단이 녹아있었다.

"뒤쫓지 않아도 되겠습니까?"

광호가 도현을 바라보며 말하자 도현은 고개를 저었다.

"굳이 그럴 필요까진 없겠지. 돌발적으로 벌어진 싸움이었으니."

"끄응…… 이대로 그냥 가기엔 분이 풀리지 않는데 말입니다."

은근히 도현을 보며 부추기는 광호.

말은 하지 않았지만 다들 비슷한 심정인지 말없이 도현을 본다.

하지만 도현 역시 이대로 물러설 생각은 없었다.

"받은 게 있으니…… 우리도 갚아 줘야겠지. 기왕이면 받은 것보다 더 큰 선물로 말이야."

"당연하지요. 크크크!"

모두의 시선이 평원으로 향한다.

"이런 젠장! 크윽!"

아직도 강렬한 고통이 전해지는 왼쪽 옆구리를 잡으며 허독량은 이를 갈았다.

이제는 간단하게 이길 수 있을 것이라 생각했건만 놈은 자신이 상상하던 것 이상으로 강해져 있었다.

도저히 지금의 자신으론 상대 할 수 없을 정도로.

지끈지끈.

옆구리에서 계속해서 신호를 보내는 것이 아무래도 갈비뼈가 부러진 것 같았다.

여기에 속에선 연신 득실득실 끓어오르는 것이 내상 역시 가볍지 않다.

가벼운 한 방에 무너진 것이다.

너무나 가벼운 한 수에 나가 떨어졌다는 사실이 허독량은 너무나 분하고, 분했다.

"돌아간다!"

자신을 뒤따르고 있는 혈우파천대에게 명령하자 다들 말없이 그의 뒤를 따른다.

가볍게 생각하고 나왔던 임무다.

그런데…… 겨우 두 수 만에 전체 일행의 오분지 일이 날아 가버렸다.

가히 상상도 할 수 없는 파괴력이다.

"제길! 제기랄!"

허독량의 분노에 섞인 목소리가 평원에 울려 퍼진다.

허독량의 분신 역할을 하고 있던 자가 천천히 뒤로 빠진다. 그와 함께 그를 호위하고 있던 무인들 역시 뒤로 움직이기 시작했다.

이미 평원의 싸움은 끝을 향해 달려가고 있었다.

그렇기에 그가 빠지는 모습은 더 이상 싸움에 흥미를 잃어 돌아가려는 것 같은, 자연스러운 모습이었기에 누구도 신경 쓰지 않는다.

하지만 정작 당하고 있는 형산파의 입장에선 미치고 환장할 일이다.

자신들보다 수적으로 두 배 이상 적음에도 불구하고 압도하고 있는 것은 놈들이었다.

아무리 노력을 해도 놈들 하나를 죽이는 것이 어려웠다.

점차 겁을 먹는 무인들이 늘어나기 시작했고, 가장 먼저 전장을 이탈한 것은 형산파와 관계없는 자들이었다.

그들이 이탈을 시작하자 뒤를 따라 벗어나는 자들이 급속도로 늘어나기 시작했고, 전체적인 전황이 무너져 내린다.

"큭…! 결국 여기까지란 말인가!"

피를 토하며 점차 밀리는 전황을 바라보는 중양검.

그의 모습은 처참하기 그지없었다.

왼팔을 잃어버렸으며 두 다리 역시 상처가 가득한 것이 치료를 마치더라도 무공을 펼칠 수 없을 것 같았다.

최전선에서 수하들을 다독이며 싸운 결과이다.

이미 그의 곁을 지키고 있던 장로들 역시 태반이 죽임을 당한 이후였다.

"아아악!"

"사, 살려…… 아악!"

온 사방에서 들려오는 비명소리.

혈의를 입고 있는 놈들이 마치 사신(死神)처럼 느껴진다.

"후…… 퇴한다."

결국 그의 입에서 후퇴 명령이 떨어지자 기다렸다는 듯 뒤로 물러서는 형산파의 무인들.

빠르게 물러선 그들이 다시 자리를 잡은 곳은 형산의 입구였다.

이곳이야 말로 최후 저지선.

다행이 자신들을 뒤쫓을 것 같던 놈들은 숨을 돌리려는 것인지 그 자리에서 움직이지 않았다.

"얼…… 마나 남았지?"

임시로 세워진 천막 회의장.

그곳에 자리한 소수의 인물들을 보며 중양검은 고개를 떨구며 물었다.

"…끝까지 남은 자들은 이제 이천 밖에 없습니다. 이 중에서도 제대로 싸울 수 있는 것은 절반 밖에 되지 않습니다."

"그 많은 사람들이……."

"거의 절반은 뒤도 돌아보지 않고 튀었습니다! 젠장!"

장로 중 한 사람이 분한 듯 책상을 내려치며 소리친다.

본래 회의실을 가득 채워야 할 장로들이지만 살아남은 것은 겨우 다섯.

겨우 한 시진 정도 밖에 싸우질 않았거늘……

'겨우, 겨우 본파의 힘이 이것 밖에 되지 않았단 말인가.'

허무하기 짝이 없다.

말은 하지 않지만 모두들 그럴 것이다.

그럼에도 불구하고 이곳에 남아 최후를 준비하는 것은 그들이 형산의 기운을 이어 받은 형산파 무인이기 때문이다.

어떻게든 형산의 기운을 이어나가기 위해 자신들의 목숨을 바치는 일이 있어도 이곳에서 놈들을 저지해야 하는 것이다.

침통한 기운이 회의실을 스쳐 지나간다.

"차라리 잘 됐소. 우리 밖에 남지 않았다면 적어도 호흡은 더욱 잘 맞을 테니."

"그렇습니다. 어중이떠중이들 덕분에 호흡이 맞지 않아 더 쉽게 밀린 감이 없잖아 있습니다."

"호천대검륜진(護天大劍輪陣)을 펼치도록 합시다. 최대 오백의 인원으로 펼칠 수 있는 것이니 그것이라면 충분히 놈들을 막을 수 있을 겁니다!"

장로의 말에 중앙검은 고개를 끄덕이며 동의했다.

호천대검륜진은 형산파가 보유하고 있는 합격진 중에서도 가장 대규모의 인원을 필요로 하는 것으로, 발동하기 위해 최소 이백 이상의 인원을 필요로 하는 조건 때문에 잘 쓰이지 않지만 지금 같은 상황에선 최고의 위력을 발휘한다.

애초부터 이것을 사용 할 수 있다면 좋았을 테지만 때늦은 후회다.

"지금 당장 제자들에게 소식을 전하고 될 수 있다면 세 개 정도는 완성 될 수 있도록 전하게."

"예!"

일제히 자리에서 일어나 밖으로 향하는 장로들.

중양검도 움직이고 싶었지만 아쉽게도 아직 다리 치료가 완전치 않았다.

"치료가 끝난다 하더라도 움직이는 것이 겨우 이러나?"

붕대가 감긴 자신의 다리를 쓰다듬는 그.

자신의 상처가 얼마나 심각한 것인지는 그 스스로 잘 알고 있었기에 이번 싸움이 자신이 나설 수 있는 마지막이란 사실을 깨닫고 있었다.

그렇게 홀로 남은 회의실에서 감상에 젖어 있을 무렵이었다.

"그 다리…… 치료하고 싶나?"

"누구냐!"

갑작스런 목소리에 놀라 고개를 들며 소리를 지르는 중양검!

중양검의 앞에 한 사내가 곳곳이 서 있다.

"다시 묻지. 그 다리. 치료하고 싶나?"

차가운 눈으로 묻는 사내.

도현이었다.

경계하는 눈으로 자신을 바라보는 중양검을 보면서도 도현은 눈 하나 깜짝 하지 않았다.

그의 상처는 심각했지만 그렇다고 고치지 못할 정도는 아니었다.

형산파 최고의 고수인 그가 정상적으로 움직일 수 있다면 극심한 피해를 입는다 하더라도 형산파는 결국 다시 일어 설 수 있는 기반을 마련 할 수 있을 터였다.

한 문파에 절대고수가 있고 없고의 차이는 극심하다.

아무리 규모가 크다 하더라도 절대고수가 없는 문파는 큰 힘을 발휘 할 수 없다. 그에 반해 규모가 작더라도 절대고수를 보유한 문파는 큰 힘을 발휘한다.

강할 수록 큰 힘을 발휘하는 것.

그것이 무림의 생리인 것이다.

"넌…… 누구냐!"

강한 경계심과 함께 마침내 중양검의 입이 열린다.

꽤 강하게 소리치는 것이 외부에 침입자의 소식을 알리려는 것 같았지만 이미 회의실 전체에 기막을 두른 도현이기에 크게 개의치 않았다.

"그렇게 소리 칠 것 없다. 밖으로 소리가 새어 나가지 않을 테니까."

"기막인 것인가……."

자신도 모르는 사이 기막을 펼쳤다는 것은 중양검으로
선 감당 할 수 없는 고수란 소리다.

'내게 들키지 않고 기막을 칠 정도라면… 누구지? 현 무
림에 이런 강자가 알려지지 않은 적이 있었나?'

수도 없이 머리를 굴려보지만 결국 자신이 할 수 있는
것은 아무것도 없다는 사실에 중양검은 두 손을 들었다.

"최소한… 날 죽일 생각은 없는 모양이군."

"그럴만한 생각이 들지 않는군."

"후……."

도현의 대답에 그는 긴 한숨을 내쉰다.

호흡을 가다듬고 그는 물었다.

"자네는 누군가?"

"천마."

그 한 마디에 중양검은 깜짝 놀랐다.

"처, 천마?! 천마신교의?"

"그렇다. 내가 천마다."

너무나 당당한 말투에 중양검은 할 말을 잊었지만 얼마
지나지 않아 대체 왜 그가 이곳에 있는 것인지 묻지 않을
수 없었다.

"대체, 왜 당신이 이곳에 있는 것이오? 신교의 영역은
신강으로 알고 있는데?"

"뭐, 어쩌다 보니 이곳까지 흘러 들어오게 됐군. 어쨌거나 아직도 대답을 주지 않을 것인가? 그 다리, 고치고 싶은 생각이 없나?"

"……무엇을 원하는 것이오?"

마도인이 정파인을 돕는다는 것을 상상도 해본 적이 없기에 중양검은 도현을 경계했다.

아니, 경계할 수 밖에 없다.

스스로 천마라 칭하는 자가 갑작스레 눈앞에 나타난다면 누구라도 경계를 할 것이다.

물론 자신도 알 지 못하는 사이에 기감을 펼쳤다는 것하나만 보아도 그가 거짓을 하지 않고 있음을 알 수 있었지만 그것과는 별개의 것이다.

"내가 원하는 것은 단 하나. 혈교의 패퇴다."

"……미안하지만 불가능한 일이오. 나 하나 움직일 수 있다고 해서 가능한 일이 아니오."

쓰게 웃으며 말하는 중양검.

그 모습이 오히려 도현은 마음에 들었다. 할 수 있는 것과 할 수 없는 것을 확실히 구분하는 모습이 마음에 든 것이다.

"그것은 내가 알아서 한다. 내가 원하는 것은 나와 몇몇 아이들이 싸움에 가담을 할 것인데 우리의 움직임에 개의치 말라는 것이다."

"으음……."

'이들이 개입한다고 해서 저들이 물러설까?'

지금까지 지켜본 혈교라면 그렇지 않을 확률이 무척이
나 높다.

문제는 지금으로선 썩은 동아줄이라도 붙잡아야 한다는
것이다. 형산파의 미래를 위해서라도.

"아직 알려지진 않았지만 본교와 사황성, 백도맹으로
이어지는 연합이 결성되었다. 혈교에 대응하기 위해서지."

"그, 그런!"

깜짝 놀라는 그.

"놀라는 것은 당연하지만 난 거짓을 말하지 않는다.
자… 선택해라."

무표정하게 자신에게 묻는 도현의 얼굴을 보며 중양검
은 결국 자신에게 선택지가 없음을 새삼 깨달아야 했다.

◑

파바밧!

촤아아-!

일단의 무리가 빠른 속도로 이동을 하고 있었다.

남들의 시선을 신경 쓰지 않은 채 고속으로 이동하는 그
들의 숫자는 모두 일백.

"속도를 높인다."

가장 선두에서 달리던 사내의 말과 함께 그렇지 않아도 빠르게 움직이던 그들의 속도가 더욱 빨라진다.

얼마나 빠르게 움직이는 것인지 전력으로 달리는 말보다 월등히 빠를 정도였다.

이들은 천마검위대였다.

본래라면 도현을 호위하고 있어야 할 그들은 도현의 명에 의해 소진을 호위했고, 마중 나온 세력에 그녀를 인도를 하자마자 도현이 있는 곳을 향해 빠르게 복귀하는 것이었다.

극한에 가까운 이동이었지만 누구하나 불평을 토해내지 않는다.

천마검위대는 천마의 검이다.

주인이 있는 곳을 향해 돌아가는 것은 당연한 것이다.

그렇게 움직임 끝에 마침내 그들은 도현이 있는 곳에 도달 할 수 있었다.

형산이다.

"왔군."

산 중턱 쯤에서 가부좌를 틀고 휴식을 취하고 있던 도현은 멀리서부터 빠른 속도로 다가서고 있는 수하들의 존재를 인식할 수 있었다.

그의 주변에 흩어져 휴식을 취하던 일행 역시 도현의 말이 무엇을 뜻하는 것인지 금방 깨달았다.

"천마검위대 임무를 마치고 복귀했습니다."

스스슥!

기척과 함께 도현의 앞에 무릎을 꿇은 채 복귀 신고를 하는 사내.

천마검위대주 혈월마검 심대광이었다.

누구보다 충성스런 그의 등장에 도현은 작게 웃으며 고개를 끄덕였고, 그것을 확인한 심대광은 모습을 감춘다.

본래의 임무로 돌아가는 것이다.

눈에 보이지는 않지만 도현을 중심으로 원을 그리며 천마검위대가 호위를 서고 있었다.

급격한 이동을 하고 난 뒤라 휴식을 필요로 할 법도 하건만 그들은 말 없지 자신의 자리를 찾아간다.

천마신교 최강의 무력부대.

그것이 천마검위대다.

"충분히 휴식을 취하도록."

— 존명.

도현의 말에 전음으로 대답하는 그.

천천히 자리에서 일어서며 도현은 수풀 사이로 보이는 형산의 입구를 쳐다본다.

이미 혈교 무인들이 빼곡히 자리를 잡고 있고, 그에 대항하기 위해 진법을 펼친 채 대기하고 있는 형산파 무인들까지 한 눈에 보인다.

한 눈에 봐도 여유로운 기세를 뿜어내는 혈교와 필사의 각오를 드러내고 있는 형산파.

어느 쪽이 유리한 것인지 말하지 않아도 알 정도다.

"그런데 우리가 이렇게까지 해야 합니까? 그냥 나가서 저놈들 괴롭히다 적당히 물러서면 되는 것 아닙니까?"

광호가 불만스러운 듯 말하자 단리한이 생각 좀 하라는 듯 그를 타박한다.

"형님, 생각 좀 하십시오. 적당히 우리가 끼여서 치고받았다 칩시다. 그럼 그 뒤는 어찌 감당 할 겁니까? 형산파가 본교의 도움을 받았다고 좋아서 뛸 것 같습니까? 뼛속까지 정파인 놈들 입장에선 혀깨물고 안 죽으면 다행일 겁니다."

"이 자식이! 나도 머리 잘 쓴다고 임마! 우리가 허락 받고 움직인다고 해서 저놈들이 환영하겠냐고! 이러나저러나 똑같은 거잖냐!"

"아, 그게 중요한 거라니까요. 허락이 있다면 당당하게 날 뛸 수 있는 무대가 만들어지는 겁니다. 안 그러면? 재수 없으면 저놈들 우리까지 공격할 겁니다. 그러고도 남을 놈들이지 않습니까."

"그, 그렇긴 하지…."

결국 꼬리를 내린 것은 광호였다.

정보를 분석하고 순간적인 상황 판단을 내리는 것은 확실히 광호가 빠르지만 전체적인 상황을 살피고 앞을 내다보고 결정을 내리는 것은 역시 단리한이 더 나았다.

둘 모두 장단점이 있기에 어느 누가 낫다고 딱히 꼬집어 말 할 수는 없지만 서로를 잘 알고 있기에 할 수 있는 말이기도 했다.

아니, 지금의 상황을 둘 모두 알고 있었다.

그럼에도 불구하고 이렇게 말을 주고받는 것은 주변 사람들에게 지금의 상황을 가르쳐 주기 위해서였다.

특히 방금 합류한 천마검위대에겐 두 사람의 대화가 큰 정보가 될 것이다.

"시작한다."

도현의 말과 함께 두 사람이 말을 멈추고 전장을 바라본다.

이번에 끝장을 보겠다는 듯 달려가는 혈교 무인들과 어떻게든 막겠다는 형산파 무인들.

그 기세가 쩌릿할 정도다.

"가자."

도현의 한 마디와 함께 모두가 전장을 향해 몸을 날린다.

天魔飛上

9章.

9 章.

쾅! 콰직!

"젠장, 젠장!"

와장창!

집무실의 모든 것을 부숴버릴 듯 연신 날뛰던 허독량이 움직임을 멈춘 것은 무려 한 시진이 지나서였다.

온 몸을 땀으로 범벅하고선 아직도 분이 가시지 않은 것인지 벌개인 얼굴로 거칠게 숨을 내쉬는 그.

더 움직일 것 같던 그가 멈춘 것은 옆구리의 고통 때문이었다.

부러진 갈비뼈가 아직 제자리를 찾지 못한 것이다.

"제…… 길!"

으드득!

부러질 듯 이를 가는 그.

결국 패했다.

형산파를 세상에서 지워버리겠다는 그의 의도는 실패했다. 결정적인 순간 놈이 끼어들었던 것이다.

"천마…… 이 개자식!"

뿌드득!

자신의 계획을 망쳐버린 천마를 향해 강한 증오심을 뿜어내는 허독량.

당연한 일이었다.

자신에게 상처를 입힌 것도 모자라 자신의 계획을 망쳐놓았으니까.

덕분에 피해도 피해지만 자신의 위치까지 흔들릴 정도였다.

그나마 다행이라면 형산파가 큰 피해를 입은 덕분에 호남의 절반정도를 혈교의 영역으로 삼을 수 있었다는 것이다.

그것조차 하지 못했다면 큰 문책을 당했으리라.

"들어가도 되겠습니까?"

때마침 밖에 들려오는 혈뇌의 목소리에 허독량의 얼굴이 크게 일그러지지만 곧 어쩔 수 없다는 듯 그를 방으로 들인다.

방에 들어오자마자 엉망이 된 방을 보곤 혈뇌는 긴 한숨과 함께 입을 열었다.

"이곳에선 이야기가 되지 않겠군요. 방을 옮기도록 하지요. 시비에게 일러 이 방은 다시 고쳐 놓도록 하겠습니다."

"……그러지."

결국 방을 옮겨 마주 앉은 두 사람.

자리에 앉자마자 혈뇌는 이번 일로 인해 입은 피해와 이득을 적절히 섞어가며 이야기를 꺼내놓는다.

"이번 일로 인해 약간의 피해를 입기는 했습니다만, 호남의 절반을 얻은 덕분에 좀더 여유롭게 움직일 수 있는 기회를 얻은 것은 사실입니다. 제일 좋은 것은 역시 형산파를 제거하는 것이었습니다만…… 어쩔 수 없는 일이겠지요. 설마하니 천마가 그곳에 모습을 드러낼 줄은 몰랐으니."

"으음……."

혈뇌의 말에 신음을 하며 끓어오르는 분노를 겨우겨우 가라앉히는 허독량.

그 모습을 보며 혈뇌는 허독량이 혈교를 이어 받으면 역시 은퇴하는 것으로 마음을 굳혔다.

자존심이 강하고 제멋대로의 성격이 강한 그의 밑에 있다간 언제 어떻게 목이 잘릴지도 모른다. 그럴 바에는 차

라리 은퇴하고 한적한 곳에서 사는 것이 훨씬 더 나을 터
다.

"그리고 얼마 전 연락이 왔습니다."

"연…… 락?"

"교주님께서 곧 이곳으로 오신다고 합니다. 무사히 출
관하셨다고 하더군요."

"사부님께서!"

"기쁜 일이지요."

웃으며 말하는 혈뇌를 보며 허독량 역시 웃을 수밖에 없
다.

"일단 모든 계획은 교주님께서 복귀한 뒤로 미루어 놓
도록 하겠습니다. 당장이라도 형산파를 밀어버리고 싶은
마음은 저도 잘 알겠으나, 잠시간만 참아주십시오. 곧 때
가 올 것입니다."

"그러지."

고개를 끄덕이는 허독량을 뒤로 하고 방을 빠져나가는
혈뇌. 그 모습을 보고 있던 허독량은 이를 악물었다.

사부인 혈마가 온다는 것은 좋은 일이다.

중원 전역을 향해 본격적으로 움직일 수 있으니까.

다만 시기가 미묘했다.

자신이 야심 차게 시도했던 일이 실패로 끝난 상황에서
복귀를 하다니… 소교주란 직책에 있다고 해서 안심할 일

이 아니었다.

혈마의 성격상 마음에 들지 않는다면 얼마든지 자신을 쳐내고 다른 자를 이 자리에 앉힐 수도 있었다.

"빌어먹을!"

결국 속으로 분노를 억누르며 혈마가 복귀하기 전까지 조용히 있는 수밖에 없었다.

'강해져야 한다. 더, 더, 더! 찾아라, 방법을! 난 강해질 수 있다!'

조용히 힘에 대한 욕망을 갈구하며.

◑

신교로 돌아가는 배 안에선 연신 웃음소리가 끊이질 않는다.

아무래도 혈교 놈들에게 한방 먹인 것이 기뻤던 모양이다.

"크크큭! 고놈들 잠도 못자면서 분해서 설치고 있겠지?"

"눈앞에서 다 된 밥에 재를 뿌린 격이니 지금쯤 목매단 놈이 있을 지도 모르지."

"푸하하핫!"

광호와 단리한이 미친 듯 웃음을 터트린다.

모두가 웃고 있을 때 빙설하는 도현이 밖으로 나가자 뒤를 따라 나섰다.

"허독량이라고 했나? 성장속도가 엄청났어."

"너보단 나을 걸? 그래도 지금쯤 잠도 못자고 분해하고 있을 것은 확실해. 그 녀석 성격이 지는 것을 굉장히 싫어하거든."

"그래? 그건 마음에 드는 군."

웃으며 도현이 말하자 빙설하 역시 마주 웃으며 곁에 섰다.

시원한 바람이 불어온다.

"다시 돌아가면 한 자리 차지 할 수 있을 것 같은데 어때?"

"그렇겠네. 잘 하면 녀석을 밀어내고 내가 소교주에 오를 수도 있겠지. 그런데 별로 돌아가고 싶진 않아. 항상 긴장하고 살아야 하고, 피를 접해야 하는 곳이니까."

툭.

난간에 몸을 기대며 그녀는 계속해서 말을 이었다.

"어릴적부터 그곳에서 자라왔기 때문에 그것을 당연하게 여기고 있었지만 지금은 알아. 그때의 삶이 결코 정상적이지 않았다는 것을 말이야. 난 지금이 좋아. 무엇보다 자유롭고… 마음에 드는 사람도 찾았고 말이야."

"흠흠."

자신을 보며 말하는 그녀의 눈이 반짝거리자 도현은 쑥스러운 듯 헛기침을 하며 역시나 난간에 몸을 기댄다.

"어쨌거나 이제 도전장을 내민 것이나 마찬가지야. 오래전부터 싸울 준비는 해왔었지만 이젠 진정으로 서로 부딪칠 때가 다가왔다는 거지."

"걱정은?"

"아무것도. 일단 싸움이 시작되면 둘 중 하나가 사라지기 전에는 멈추지 않을 것은 분명해. 참고 또 참아왔던 분노가 폭발할 것이니까. 나도 그렇고…… 모두가 그럴 테지."

하늘을 보며 말하는 도현.

그 모습을 보며 빙설하는 아무런 말도 하지 못했다.

그렇게 한 참의 시간 끝에 두 사람은 다시 선실 안으로 향했다. 아직도 한참을 떠들고 있는 두 사람을 보며 웃으며 틈에 끼어든다.

"어서와."

신교에 도착하자마자 웃으며 도현을 반기는 것은 다른 사람도 아니고 소진이었다.

시비들의 부축을 받아 움직이고 있긴 하지만 그녀는 또렷한 정신으로 조금씩 움직이고 있었다.

이곳으로 보내기 전 도현이 중요한 부분의 치료를 이미

끝내놓았고, 이후의 치료에 대해서도 충분히 지시를 해놓았기 때문에 빠른 회복세를 보이고 있는 것이다.

특히 마선의의 힘이 큰 보탬이 되었다.

그의 존재가 없었다면 도현은 형산으로 가지 않았을 것이다.

"그래, 다녀왔어."

자신의 인사를 받아주는 도현의 모습이 기쁜 것인지 웃는 소진. 그러고 보니 항시 얼굴에 쓰고 있던 면사도 이젠 벗어버리고 없다.

내공이 사라졌다고 해서 그녀의 아름다움이 어디로 사라지는 것은 아니지만, 이젠 굳이 그것을 하고 있을 필요가 없었다.

적어도 신교 안에선 말이다.

이미 천마의 여자로 공인을 받은 셈이나 마찬가진데 누가 있어 그녀를 건드리겠는가.

목숨이 아깝지 않고서야.

그래도 만약을 위해 그녀가 평소 만나는 사람은 지극히 정해져 있었고, 그 모두가 그녀의 얼굴을 보고도 음욕이 서리지 않는 사람들이었다.

뿐만 아니라 호위를 위해 육 장로인 혈마음(血魔音) 신지수가 나서서 여인들로 구성된 호위를 붙여주고 있었다.

그녀와의 만남을 가볍게 끝내고 집무실로 돌아온 도현
은 그 즉시 미뤄두었던 일들을 빠르게 처리하기 시작했
다.

대부분의 일들은 군사의 손에서 해결이 되지만 아직까
진 도현의 손을 필요로 하는 일들이 대단히 많았다.

그렇게 순식간에 일을 처리한 도현은 즉시 장로들을 집
결시켰다.

"재미있는 구경거리를 놓쳤군요!"

도현의 말을 들은 칠 장로 거력마웅(巨力魔雄) 신도광이
입을 다시며 말한다.

다른 장로들 역시 고개를 끄덕이는 것이 같은 마음인 듯
싶었다.

"그렇게 아쉬워 할 필요 없다. 놈들이 움직이기 시작한
이상 본교 역시 움직일 것이니까."

"드디어 움직이는 것입니까?"

날카로운 기세를 뿜어내며 이 장로 월영마검(月影魔劍)
심태광이 묻자 모두의 시선이 도현에게 향한다.

"이제 침묵을 깨고 움직일 때가 되어간다. 때가 되면…
단숨에 놈들의 목을 물어뜯을 것이야."

섬뜩한 살기가 도현의 몸에서 흘러나간다.

그동안 내보이진 않았지만 도현 역시 기다리고 있었다.
복수의 칼날을 놈들의 심장에 박아 넣을 그 순간만을!

다들 살기를 일으키고 있을 때 냉정하게 상황을 읽고 있던 팔 장로 사공준허가 입을 열었다.

"백도맹이나 사황성과의 약속이니 있으니 그들과 손을 맞춰 혈교를 처리해야 하는 것은 주지할 것 없을 사실입니다만, 이전에 이야기 했지만 이번 기회에 백도맹과 사황성에 적당한 타격을 입히는 것도 나쁘지 않다고 보입니다. 흥분하신 것은 잘 알겠지만 본교의 미래를 위해서라도 잠시 참아주시면 감사하겠습니다."

"음…."

그제야 모두들 고개를 끄덕이며 살기를 감춘다.

이제 막 무공을 익히기 시작한 사공준허이기에 사실 강렬한 살기를 버텨내기 쉽지 않은 상황에서 제 할 말을 한다는 것은 어려운 일이다.

살기가 사라지자마자 가볍게 이마의 땀을 닦아내며 숨을 몰아쉬는 것이 그 증거다.

자신 때문에 다들 말을 하지 않고 있자 사공준허는 쑥스럽게 웃었다.

"이거 빨리 강해지던지 해야지… 할말도 못하게 생겼습니다. 하하하."

"흠흠, 미안하게 됐네."

"미안해요."

장로들이 고개를 숙이며 사과하자 그는 재빨리 손을 흔

226

들며 외쳤다.

"아닙니다! 그냥 가볍게 웃어보자고 한 말이니 깊이 생각하진 마십시오. 그보다 이번에 교주님께서 놈들에게 한 방 먹이고 왔으니 남은 것은 혈교의 반응입니다. 그렇지 않아도 혈교 내부의 움직임이 부단한 것이 그동안의 모습과 크게 다르다고 합니다."

"상세히 말해보게."

"저보단 삼 장로께서 말씀하시는 것이 좋겠습니다."

팔 장로가 자신을 가리키자 삼 장로 혈영신투가 자리에서 일어서며 입을 열었다.

신교의 정보는 그의 손에서 모두 처리되니 제격이다.

"근래 외부로 움직였던 혈교 무인들이 하나 둘 집결하기 시작했습니다. 다른 때라면 약간의 순서를 두고 오가곤 했는데 지금은 들어가면 나올 줄을 모르고 있습니다. 아무리 봐도 임시로 사용하는 본거지이기에 그 인원을 전부 편안하게 수용하기 어려운 곳인 데도 말입니다."

"흠… 자리를 비운 혈교주라도 돌아오는 것인가?"

이 장로의 말에 삼 장로가 고개를 끄덕였다.

"저희 쪽에선 그런 가능성을 가장 높게 생각하고 있습니다만… 군사 쪽도 마찬가지인 것 같습니다. 형산에서의 일에 동원된 혈교 무인의 숫자는 사실 전체 인원을 생각하면 꽤 많지만 실제 피해를 입은 것은 그리 크지 않습니다.

게다가 진짜 실력자들은 그리 움직이지도 않았지요."

"하긴 의외로 약한 놈들이었지."

도현의 작은 중얼거림이 삼 장로의 이야기에 힘을 실어
준다.

"해서 저희 쪽에선 혈교주가 중원으로 온다는 것에 초
점을 두고 방대하게 감시를 하고 있습니다. 약간의 변동만
있어도 정보를 올리도록 했기 때문에 약간의 부하가 걸리
긴 했지만 처리 가능한 정도입니다."

그 말과 함께 자리에 앉는 삼 장로.

때를 맞추어 사공준허가 자리에서 일어선다.

"들으셨다시피 놈들은 이제 제대로 움직이려하는 모양
입니다. 한 세력에 통솔권자가 있고 없고는 큰 차이가 있
습니다. 이는 모두들 잘 알고 계시리라 생각합니다."

과거 패마가 죽고 난 이후 순식간에 무너졌던 천마성을
생각한다면 쉽게 이해가 된다.

그런 점을 군사인 그가 상기시켜 주는 것이다.

자연스럽게 모두의 시선이 도현에게 향한다.

천마신교의 하늘이자 신.

천마(天魔).

그 이름에 아깝지 않은 실력을 지닌 것이 도현이다.

신교 최강의 무인이자 마도제일.

세상에 그 실력을 드러냈을 때.

세상은 말할 것이다.

천하제일인(天下第一人).

모두들 같은 것을 생각하는지 순간 회의장이 뜨겁게 달아오른다.

"때는 무르익었습니다. 인고의 시간을 보내었으니 이제는 알찬 수확을 볼 때 입니다."

말과 함께 자리에 앉는 사공준허.

회의실이 더욱 뜨겁게 달아오른다.

슈슈슉-!

거대한 평교자(平轎子)가 빠른 속도로 이동을 한다.

온통 붉게 칠해진 평교자의 앞뒤로 걸린 네 개의 홍등!

기묘한 기운을 내뿜는 것 같은 평교자의 앞뒤로 무려 여덟명씩 총 열여섯 명이 짊어 매고 움직이고 있었다.

하긴 그 정도 인원이 아니라면 드는 것이 불가능하다 생각 될 정도로 거대한 평교자다.

특이한 것은 평교자를 이끄는 자들까지 붉은 혈의를 입고 있다는 것이다.

빠른 속도로 이동을 하고 있음에도 불구하고 평교자는 흔들림이 없다.

그 안에 타고 있는 혈마 역시 가부좌를 튼 자세에서 조금의 변함도 없다.

– ……이상입니다.

전음으로 이어지던 보고가 끝나자 그제야 혈마의 두 눈이 떠진다.

번쩍!

붉은 혈기를 가득 내뿜는 그의 눈.

순간 어둡던 평교자 안이 붉은 빛으로 가득 물들며 밝아졌다, 본래의 모습으로 돌아간다.

"큭큭, 결국 녀석이 사고를 치는구나."

혈마의 두 눈에 서린 혈기는 이전과 비교할 수 없을 정도로 강렬했다.

파괴적이며 탐욕적인 혈기가 두 눈 깊은 곳에서부터 솟아오르고 있었다.

가만히 있기만 해도 흘러넘치는 힘에 대한 만족감이 그어떤 때보다 높은 혈마였다.

"제자야…… 네 스스로 목을 조르는구나. 네 성격 상 언제인가 사고를 칠 줄 알았지만. 큭큭, 이건 빨라도 너무 빠르구나."

마치 제자인 허독량의 실수를 바라기라도 했던 듯 그가
웃는다.

그러는 사이에도 평교자는 빠른 속도로 이동을 하고 있
었다. 흔들림 없이 아늑하게.

- 반각 거리에 작은 문파가 있습니다.

"없애라. 내가 가는 길에 거치적거리는 것들은 전부 없
애버려라."

- 존명!

츠츠츠!

그의 명령이 떨어지기 무섭게 평교자 인근의 지역에서
작은 떨림이 생긴다 싶더니 수십의 인영이 더욱 빠른 속도
로 앞으로 튀어나간다.

누구도 없어보이던 평교자의 주변으론 사실 근 일백에 이
르는 절대고수들이 원을 그리며 평교자를 보호 중이었다.

이들이야 말로 혈교의 진정한 힘이며 오직 혈교주에게
만 충성을 다하는 자들이었다.

이들의 존재에 대해 알고 있는 것은 혈교주와 혈뇌 밖에
없었다. 혈마의 제자인 허독량 조차도 모르는 자들인 것이
다.

"큭큭큭, 기다려라 제자야. 곧 재미있는 세상을 보게 될
것이니. 크크, 크하하하하!"

그의 큰 웃음소리가 평교자 밖으로 흘러나간다.

푸드득!

신교의 전서응 관리소에는 하루에도 수십, 수백 차례 전서응들이 오가며 중원 전역의 소식을 알린다.

그리고 방금 날개를 푸득이며 날아든 전서응에서 서찰을 꺼내든 사내의 얼굴이 급변했다.

"긴급!"

붉은 서찰!

특급 기밀을 뜻하는 암어까지 적혀있는 것이 긴급을 요하는 것이었고, 이것은 발견한자는 지휘고하를 가리지 않고 즉시 정보를 총괄하는 삼 장로에게 움직이도록 되어 있었다.

사내 역시 즉시 몸을 날렸고 얼마 지나지 않아 서찰은 삼 장로의 손에 들어갔다.

"이제야 확실해지는 군! 당장 장로회의를 소집하라! 교주님껜 내가 보고할 것이다!"

"명!"

수하의 우렁찬 대답과 함께 혈영신투는 즉시 도현이 있는 곳으로 움직였다.

때마침 도현은 수련을 마치고 폐관실에서 나오는 중이었기에 삼 장로는 어렵지 않게 도현을 만날 수 있었다.

"긴급 정보입니다."

"흠……."

말과 함께 주어진 전서를 읽는 도현.

"붉은 평교자와 그것이 지나간 자리엔 마을이건 문파건 남아나질 않는다? 혈마인가……."

"그런 것 같습니다. 장로회의를 집결해 놓았습니다."

삼 장로의 말에 고개를 끄덕이며 도현은 즉시 회의실로 발걸음을 옮긴다.

이 정보가 사실이라면 마침내 움직일 때가 된 것이다.

회의실에는 이미 모든 장로들이 집결해 있었다.

그리고 서찰의 내용이 전달되자 모두들 전의를 가다듬는다. 때가 되었음을 알아차린 것이다.

그런 모습을 보며 도현은 만족스런 얼굴로 입을 열었다.

"자…… 시작해 볼까?"

"서둘러라! 수량 정확하게 확인해!"

"무구 점검은 미리미리 해라! 전장에서 부러졌다고 엄살 부리지 말고!"

북적북적!

신교 전체가 불이라도 붙은 듯 북적거린다.

평상시라면 사람이 거의 오가지 않는 저장고에서부터 무기고까지 사람들이 가지 않는 곳이 없었고, 무공을 익힌 무인들은 평소와 달리 마기를 줄줄 흘리고 다녔다.

그런 무인들을 가족으로 둔 사람들은 조금이라도 돕기 위해 나섰고, 결국 신교 전체가 북적거리게 된 것이다.

"마치 축제라도 열린 듯한 기분이로군요."

천마의 집무실에서 내려다보이는 신교의 상황을 보며 사공준허가 말하자 도현은 쓰게 웃었다.

"언제 저 웃음이 울음으로 바뀌게 될지 모르지. 날 원망할 수도 있는 일이고."

"다들 각오를 하고 있을 겁니다. 무인으로서 가치 있는 죽음은 다들 원하는 것이지 않습니까? 게다가 죽는다 하더라도 신교가 가족들을 보살펴 줄 것이란 사실을 알기에 다들 죽음을 두려워하지 않고 있습니다."

"그렇다 하더라도 가족을 잃은 슬픔은 비할 데 없는 법이지."

"그렇지요."

고개를 끄덕이는 사공준허.

확실히 가족을 잃은 슬픔은 누구도 알지 못하는 법이다. 그러니 도현의 말처럼 누군가는 도현을 비난하며 이곳을 떠날 수도 있었다.

그렇다고 해서 움직이지 않을 순 없다.

천마신교는 어디까지나 무림방파다.

울타리에 들어온 가족을 지키는 것도 좋은 일이지만 무

234

림방파로서의 역할을 하지 못한다면 결국 해체 이외엔 답이 없다.

"결국 움직일 수밖에 없습니다. 신교는 무림방파고……
저들은 무림인이지 않습니까."

"무림인이라…… 그렇지."

고개를 끄덕이며 자리에서 일어난 도현은 사공준허가 내려다보고 있는 곳을 함께 바라본다.

"그래도 본교 무인들은 가장 큰 걱정을 들고 전장으로 향하는 겁니다. 가족들의 안위는 그 무엇보다 걱정이 될 테니까요. 자신이 죽더라도 신교가 가족을 보호하고, 동료들이 돌봐준다는 것은 저들의 최후 보루일 겁니다."

"그래, 그렇게 되도록 만들어야 하겠지. 사황성과 백도맹의 움직임은?"

"사황성의 경우 정예를 끌어 모으는 중입니다. 거의 완료가 되어 혈교에 반격을 할 준비를 하고 있는 모양입니다. 그에 반해 백도맹의 경우 큰 준비가 되지 않고 있는 상황입니다. 아무래도 백도맹주가 고립되어 있는 상황이다 보니 제대로 된 이야기가 통하지 않는 것일 테지요."

"어떻게 하는 것이 좋겠나?"

"마도천하를 꿈꾸신다면 백도맹부터 치는 것이 제일 좋겠습니다만……."

끝말을 흐리며 도현을 보던 그가 웃으며 말을 이었다.

"그렇지 않다면 적절히 채찍질을 할 필요가 있다고 봅니다."

"빛이 없이는 어둠이 살 수 없고, 어둠 없이는 빛이 살 수 없는 법이지. 무조건적인 마도천하는 쇠퇴를 불러오고 말 것이야."

"저 역시 그리 생각합니다. 허면 어찌할까요?"

그 물음에 도현은 사공준허에게 모든 책임을 일임했다.

"팔 장로 그대에게 모든 권한을 주지. 백도맹 스스로 힘을 합칠 수 있도록 적당한 채찍질을 하도록."

"명을 받들어, 최선을 다하도록 하겠습니다."

자연스레 허리를 굽히며 대답한 사공준허는 즉시 방을 나섰다.

그리고 다음날 일단의 무리가 신교를 벗어나 빠른 속도로 남하하기 시작했다.

백도맹의 총단.

하남성 낙양에 자리를 잡은 백도맹의 총단은 가깝기로는 소림과 개방이 있고, 수많은 왕조들이 이곳을 수도로 삼았던 탓에 거대한 도시 만큼이나 많은 역사를 자랑하는 곳이다.

그런 낙양의 외곽에 거대한 규모로 세워진 백도맹.

지금은 파벌이 나뉘어 대립하는 중이라 백도맹을 오가
는 자들이 크게 줄었지만, 과거에는 수많은 이들이 매일
드나들며 낙양 전체를 부흥시킬 정도였다.

그런 백도맹이 근래 보기 어려울 정도로 긴장하고 있었
다.

닫혀있던 거대한 정문이 크게 열려있고 그 안으로 도열
한 백도맹의 무인들이 긴장한 얼굴로 앞을 바라본다.

다각다각-.

통통 튀는 듯한 말발굽소리와 함께 일련의 무리가 천천
히 백도맹 정문을 향해 움직인다.

중앙의 마차를 중심으로 호위하듯 둘러싼 무인들.

가장 선두에서 휘날리는 검은 깃발 하나.

천마신교(天魔神敎).

그 모습에 바짝 긴장하는 백도맹의 무인들.

본래라면 모습을 보이는 것만으로도 검을 들어야 하지
만 오늘만큼은 그럴 수 없었다.

이젠 허울뿐이라곤 하지만 백도맹주의 명령이 있기 때
문이었다.

천마신교에서 오는 손님을 극진히 대접하라는.

아무리 대립중이라곤 하지만 백도맹주의 권한은 막강한 것이다. 남궁선으로선 그동안 일부러 그 권한을 휘두르지 않았던 것뿐.

자신이 권력을 휘두름으로서 백도맹 자체가 공중분해 되는 것을 막기 위함이었다.

다각, 다각.

백도맹의 정문을 지나 한참을 들어간 끝에 마차가 멈춰선다.

마차의 문이 열리고 안에서 한 사람이 내려선다.

"먼 길을 오신 것을 환영하는 바이오."

"환대해주셔서 감사합니다, 백도맹주님."

웃으며 환영하는 남궁선에게 정중히 고개 숙여 인사하는 자. 팔 장로 사공준허였다.

천마신교의 군사인 그가 정파의 심장이라 할 수 있는 백도맹 총단에 들어선 것이다.

그를 호위하기 위해 무려 수라파천대(修羅破天隊) 오백 전원이 동원되었다. 그만큼 신교에서 그가 차지하고 있는 비중을 드러낸 것이다.

하나 같이 살벌한 마기를 풍기며 날카로운 기세를 뿜어내는 수라파천대를 보며 남궁선은 속으로 크게 감탄했다.

아무리 봐도 청룡대 그 이상의 실력을 지니고 있는 것

같았기 때문이다.

물론 정식으로 싸우게 된다면 결코 지지 않겠지만 잘해야 양패구상이다. 그만큼 막강한 전력을 총단에 들이는 것이 마음에 들지는 않았지만 지금으로선 어쩔 수 없다.

솔직한 심정으로 도착하기 하루 전에 급작스레 연락하는 통에 거절을 할 수도 없었다.

"짧은 시간 체류하게 되겠지만 잘 부탁드리겠습니다. 그리고 회의장이 준비되었다면 곧장 그곳으로 가겠습니다. 오는 동안 충분히 쉬었거든요."

"으음, 알겠네. 함께 가도록 하지."

고개를 끄덕이며 길을 안내하는 남궁선.

수라파천대는 마차를 지키며 자리에서 움직이지 않았다. 만약을 위해 몇이라도 따라 나설만 하건만 말이다.

결국 궁금증을 이기지 못한 남궁선이 먼저 입을 열었다.

"저들은 따라오지 않는 것이오? 몇이라면 회의장에 함께 들어가도 좋소만?"

"괜찮습니다. 정의를 표방하는 백도맹의 총단에서 환영의 인사를 받아놓고서 무슨 일이 벌어지기야 하겠습니까? 하하하, 동맹의 입장에서 믿어야지요."

"그, 그렇군."

239

태연히 웃으며 말하는 사공준허를 보며 남궁선은 식은 땀을 가득 흘려야 했다.

저 말은 만약 이곳에서 무슨 일이 벌어진다면 모든 책임이 백도맹에 있다고 하는 것과 같았다.

다시 말해 어떤 상황에서라도 그의 안전을 책임져야 한다는 것이다.

'뛰어난 머리와 배짱 없이는 할 수 없는 일이로군. 허허, 대체 그 아이는 이리 뛰어난 자들을 몇이나 곁에 두고 있는 것인가? 부럽구나…… 부러워.'

고개를 흔들며 잡생각을 떨쳐낸 남궁선은 마침내 도착한 회의장의 문을 열며 말했다.

"이곳이…… 본맹의 모든 회의가 주관되는 곳이라네."

끼이이-.

문이 열리고 회의실 안으로 가득 들어찬 백도맹의 장로들이 모습을 보인다.

그들을 보며 사공준허는 웃으며 고개를 숙인다.

"반갑습니다. 백도맹의 장로 여러분. 저는 천마신교의 팔 장로이자 군사를 맡고 있는 사공준허라 합니다."

天魔聚士 10章.

10 章.

"……하여 본교에선 백도맹에 되도록 빠른 시일 안에
정예를 집결 시켜 줄 것을 요구하는 바입니다."

"말은 잘 들었소! 허나 정(正)을 추구하는 본맹이 마도와
손을 잡는다는 것은 있을 수 없는 일이오!"

"동의하는 바이오. 사특한 무리인 사황성과 손을 잡는
것도 꺼려지는 판에 마도라니! 쯧……!"

혀를 차며 반대는 두 사람.

백도맹주인 남궁선을 제외하고 이 자리에 모인 장로들
중 가장 높은 자리에 앉아 있는 자들이었다.

무당의 면백검(綿百劍) 장홍주와 남궁세가의 청청쾌검
(淸靑快劍) 남궁사웅이었다.

두 사람 모두 무림에서 이름 꽤나 날린 무인들로 각파에서도 높은 자리에 올라 있는 자들이었다.

하긴, 이 자리에 있는 사람들 중 각 문파에서 높은 자리에 있지 않는 자들이 없다.

문제는 두 사람이 구파일방과 오대세가를 대표하는 자들이란 사실이었다. 다시 말해 구파일방과 오대세가가 공공연하게 이번 연합에 대해 반대하고 나선 것이다.

심지어 남궁세가는 맹주가 세가의 사람임에도 불구하고 말이다.

이때 한 사람이 손을 들며 두 사람의 뜻에 반대했다.

"전 이번 연합에 찬성합니다. 맹주님께서 아주 좋은 판단을 내리셨습니다. 현 무림은 서로 손을 잡지 않으면 결코 버틸 수 없을 만큼 피폐해져 있고, 혈교는 무서운 상대입니다. 이미 놈들의 손에 넘어간 문파가 한 둘이 아닙니다. 그 단적인 예로 형산파는 멸문의 위기에 내몰리기도 했었습니다."

이야기를 하며 비어있는 한 자리를 바라보는 그.

쌍검사(雙劍蛇) 태룡안이었다.

쌍검문 문주의 동생으로 무림에서 그 실력을 입증 받았을 뿐만 아니라 현재 중소방파를 대표하는 자이기도 했다.

그의 찬성에 회의장이 시끄러워지기 시작한다.

그 모습을 보며 남궁선은 한숨을 내쉬었다.

손님을 모셔놓고서 이러니저러니 싸워대는 모습이 결코 좋아 보이지 않았기 때문이다.

"그만!"

우르릉-!

내공이 실린 힘 있는 목소리에 모두가 입을 다물고 맹주를 바라본다.

"묻지. 우리 힘만으로 혈교를 막아 낼 수 있다고 보는가?"

"당연하지요. 혈교 놈들이 당장 기세를 올리고 있지만 그것은 어디까지나 본맹이 제대로 나서지 않아서 입니다. 본맹이 나선다면 놈들은 꼬리를 말고 물러설 겁니다."

당당하게 대답하는 남궁사웅을 보며 짧게 혀를 찬 남궁선은 이번엔 장홍주를 보며 물었다.

"자네도 그렇게 생각하나?"

"비슷합니다. 아직 본파를 비롯한 구파일방의 전력은 꺼내지도 않았습니다."

힘 있게 이야기하는 둘을 보며 남궁선은 고개를 흔들었다.

"자네들은 미쳤군."

"그, 그게 무슨 말씀이십니까!"

"말씀이 지나치십니다!"

노골적으로 불만스런 얼굴을 하는 둘을 향해 남궁선은 소리쳤다.

"닥치게! 상대의 위험도 모르면서 대체 무엇이 쉽게 이길 수 있단 말인가! 묻겠네! 형산파가 쉬워 보이는가! 구파일방의 한 자리를 차지해도 부족함이 없는 문파가 형산파였네! 그런 그들이 단숨에 무너졌어! 왜 이 자리에 형산파의 장로가 없는 것인지 아직도 생각해보지 않은 것인가?!"

"그, 그것은……!"

떨떠름한 얼굴로 입을 다무는 장홍주.

그 틈을 놓치지 않고 남궁선은 계속해서 입을 열었다.

"어찌 정의를 찾는다는 이의 입에서 그딴 소리가 나온다는 것인가! 이미 무림은 혈교 무리의 간악한 짓으로 인해 피폐해졌고, 놈들을 막을 수 있는 힘은 나약해져 있네! 이런 시기에 정사마가 다 무엇이던가! 중요한 것은 당장의 위험을 막아내는 것이지 않던가!"

"……."

조용해지는 회의장.

남궁선의 몸에서 흘러나오는 강렬한 기세가 모두를 휘어잡고 있었다.

그 모습을 보고 있던 사공준허는 속으로 대단하다 생각하며 잠시 호흡을 가다듬고 천천히 입을 열었다.

"본교로서도 오래 기다릴 수 없습니다. 이미 맹주께선 알고 계시겠지만 일단 움직이기 시작한 본교는 결코 놈들을 말살하기 전에는 멈추지 않을 것입니다. 그 과정에서 굳이 연합을 하지 않은 문파까지 챙길 의리는 없는 것이지요."

"으음……! 그 소리는 본맹을 빼놓고 사황성과 손을 잡겠다는 것인가?"

"최악의 경우에는 그리 해야겠지요. 본교의 힘은 과거 천마성일 때와는 비교 할 수 없는 것입니다. 단적인 예로 보여드리자면… 그렇군요. 과거 천마성 최강의 무력부대는 당시 검마 일장로께서 이끌던 마검대(魔劍隊)입니다만, 지금 본교의 전력으로 환원하자면 지옥만마대…… 좀 더 쳐준다면 수라파천대 정도의 수준이겠군요. 아, 본교는 모두 다섯 무력부대가 존재합니다. 강한 순서대로 수라파천대, 지옥만마대, 유령귀살대, 잔살흑암대가 있지요. 그리고 그 모든 것의 위에…… 천마검위대가 있습니다만, 교주님의 직속 호위대이니 실제 무림에서 활동을 하는 것은 수라파천대가 본교가 보일 수 있는 최강의 검이라 할 수 있겠지요."

"……그렇게까지 말을 하는 것은 무슨 이유요?"

침묵을 지키던 장홍주의 물음에 사공준허는 그에게 시선을 주며 말했다.

"쉽게 이야기하자면 본교로선 굳이 백도맹의 힘을 필요로 하지 않는다는 것입니다."

"무슨……!"

웅성웅성.

오만하기 짝지 없는 사공준허의 말에 회의장이 소란스러워진다. 서로 의견이 달랐다곤 하지만 백도맹이 무시당하자 파벌을 넘어 그를 성토하는 분위기로 바뀌기 시작했다.

그런 분위기 속에 사공준허는 다시 입을 열었다.

"다시 말씀드리지요. 모든 선택은 자신들이 하는 것입니다. 그리고 본교의 입장에선 굳이 백도맹의 도움을 필요로 하지 않습니다. 그저 약간의 손해를 덜 볼 수 있을 뿐이지요. 그럼에도 불구하고 이렇게 이야기를 하는 것은 맹주님과 본교의 하늘이신 교주님과의 약속이 있기 때문입니다. 그것이 아니었다면 벌써 본교는 독자적으로 움직였을 것입니다. 사황성은 이미 정예를 한데모아 언제든 움직일 준비를 마쳤습니다. 선택하십시오. 백도맹은 어찌 할 것인지."

그의 당당한 목소리에 누구도 쉽게 답을 하지 못했다.

어쩔 수 없는 일이다.

이 자리에서 사안을 정하기엔…… 사안의 중요성이 너무나 컸다. 장로들로선 감당이 되지 않기에 각파에 문의를 해야 할 정도인 것이다.

결국 사공준허는 귀빈 대접을 받으며 백도맹의 한쪽에 자리를 잡고 설 수 있었고, 그가 떠난 회의실은 금세 텅 비었다.

모두들 각파로 연락하기에 바빠진 것이다.

그날 밤.

사공준허의 거처로 남궁선이 찾아왔다.

쪼르륵-.

"철관음입니다. 제가 즐겨하는 것인데 입에 맞으실지 모르겠습니다."

"흠… 이곳까지 챙겨온 것인가? 대단히 아끼는 것인 모양이로군."

"후후, 그런 셈이지요."

웃으며 대답하는 그를 보며 남궁선은 천천히 차를 음미한다.

과연 그가 직접 가지고 다닐 정도로 대단히 좋은 향과 맛을 자랑하고 있었다. 수많은 차를 마셔본 그로서도 대단히 인상적인 맛이었다.

"좋군!"

"감사합니다. 그래, 이 깊은 밤에 왜 찾아오셨는지요?"

"후후, 오늘 회의장에선 고마웠네. 왜 그런 것인지는 모르겠으나 아무래도 자네가 날 도운 것 같으니."

"뭐, 하루라도 빨리 백도맹의 전력이 모였으면 해서 말입니다. 이미 사황성쪽은 준비가 끝났고… 본교의 준비도 이젠 막마지 입니다. 남은 것은 백도맹인데 그 진척이 너무나 느려 교주님께서 우려하시기에 조금의 도움이 될까 해서 제가 오게 된 것입니다."

"밖에 있는 자들이 수라파천대인가?"

"그렇습니다. 어떻습니까?"

그 물음에 남궁선은 쓰게 웃으며 자신의 생각을 그대로 이야기했다.

"자네 한 사람을 호위하기 위해선 너무 강한 힘이야. 본맹이 잘못 보인다면 큰 상처를 각오해야 하겠지. 돌이킬 수 없는 상처를 말이야."

"밖의 친구들이 좋아 할 겁니다."

웃으며 고개를 숙이는 사공준허.

손의 차를 한 모금 더 들이 마신 뒤 남궁선은 다시 말문을 열었다.

"진짜 본맹을 제외하고 사황성과 손을 잡고 움직일 생각인가?"

"상황이 그리 된다면 그럴 수밖에 없겠지요. 아까도 말씀드렸습니다만, 그리 된다면 본교와 혈교가 싸우는 과정에서 말려드는 정파 문파에 대해선 크게 개의치 않을 것입니다. 이에 대해선 굳이 이야기를 하지 않아도 되겠지요?"

"흠, 그렇군. 사실 최악의 경우엔 내가 직접 나를 따르는 이들과 함께 합류할 생각이었네. 최소한 정파로서 부끄러운 모습을 보일 수는 없을 테니까."

"역시 맹주님께선 뼛속까지 정파시로군요."

"그런 이야기를 종종 듣곤 하는 편이지. 실제로는 융통성 없는 늙은이일 뿐이지만 말이야. 허허허."

사람 좋은 미소를 지으며 웃는 그를 보며 사공준허는 이곳에 오기 전 도현에게서 들었던 이야기를 전해주었다.

"교주님께서 말씀하시길 맹주님이 지키신 약속은 잘 전달 받았다고 합니다. 그렇기에 최대한 시간을 주겠지만 길게 줄 수는 없다 하셨습니다. 그리고… 외람된 말씀일 수도 있겠습니다만, 최악의 경우엔 혼자라도 오시라더군요. 맹주가 오는 것이 곧 백도맹의 뜻이 아니겠냐 하시면서요."

"……허허허허! 그가 나보다 훨씬 더 낫군. 하긴 그렇지 않고서야 신교와 같은 거대한 세력을 이끌 수 없었을 테지."

스윽.

자리에서 천천히 일어난 그는 다시 돌아갈 준비를 하며 이야기했다.

"내일까지는 답변을 줄 수 있도록 노력해 보겠네. 그래, 최악의 경우엔 천마의 말처럼 하면 되는 것이 아니겠는 가? 괜히 복잡하게 생각하고 있었던 것 같아. 나 자신은 자기 자신일 뿐인데 말일세. 편안한 밤 되길 바라네."

그 말과 함께 모습을 감추는 맹주.

맹주가 가고서도 한참을 있다가 그는 맹주가 왔었던 흔적을 치우고 다시 끓인 철관음을 음미한다.

와아아아!

거대한 함성이 혈교의 임시 본거지를 뒤흔든다.

마침내, 마침내 기다리고 기다렸던 혈마가 중원으로 들어온 것이다.

그의 모습을 보기 위해 수많은 이들이 모여들었고, 그들의 환대에 혈마는 손을 흔들며 보답했다.

혈마가 합류했다는 것은 본격적으로 움직일 것이란 신호탄과 마찬가지이기에 혈교 무인들은 크게 고무되어 있었다.

사실 광서, 광동을 차지하고 소극적으로 움직인 부분이 없지 않았다.

그렇기에 불만이 쌓여가고 있었는데 이제야 그 불만을

끝낼 수 있는 사람이 등장한 것이다.

"생각보다 진척이 느리군. 게다가 광서성주에 대한 작업은 실패했다? 자네로선 보기 드문 실패로군."

"죄송합니다. 생각지 못한 방해자가 등장하는 바람에."

"다시 작업을 하는 것은 불가능하겠지?"

"그날 이후 누구와도 접촉을 하지 않고 있다 합니다. 최소한의 서류만 해결하고 있을 뿐입니다."

"그렇다면 본교가 날뛰는데 문제가 없는 것이 아니가."

혈마의 물음에 혈뇌는 고개를 흔들었다.

"현재 본교의 회유에 걸려든 관직자들이 많기는 합니다만, 결국 그 정점에는 광서성주가 있습니다. 특히 군부와 관련해선 아무런 작업을 하지 못하고 있습니다. 그만큼 그가 철저하게 관리를 하고 있다는 뜻이지요. 이제와 그를 건드린다는 것은 군부를 적으로 돌릴 수 있다는 것과 동일합니다."

"위험한 자로군. 어쩔 수 없지. 나중에는 몰라도 당장은 무시한다."

"명."

혈마의 결정에 혈뇌는 고개를 숙인다.

어차피 혈뇌 자신도 실패한 것을 인정하고 모든 작업을 중단했기 때문이다.

그렇지 않아도 새로 편입한 호남 이곳저곳에서 문제가 터지는 바람에 거기에 다시 신경을 쓰고 있기도 그랬고 말이다.

"형산파의 일은…… 아쉽게 됐군."

"죄, 죄송합니다."

고개를 숙이며 사죄하는 허독량.

허독량의 등은 식은땀으로 가득 들어차 있었다.

'강해졌다. 상상을 초월할 정도로. 패마의 심장을 완벽하게 흡수한 것인가?'

그의 머릿속이 복잡하게 얽힐 정도로 혈마는 달라져 있었다.

노인의 모습을 하고 있던 그가 이젠 중년의 사내처럼 보일 뿐만 아니라, 선명하게 붉은 그의 머리칼은 멋들어져 보이기까지 한다.

"후후후, 궁금한 모양이로구나. 그래. 이것이 바로 혈마공 10성의 경지다. 9성의 벽을 깨는 순간 젊음이 찾아오고 10성의 벽을 깼을 때 천하가 내 손안에 들어오더구나. 세상 누가 온다 하더라도 내 상대가 없음이니 그 점은 아쉽긴 하지만 그만큼 본교의 힘이 강해졌다는 뜻이니 좋아해도 되느니라."

"겨, 경하 드리옵니다!"

"후후, 되었다."

웃으며 손을 흔드는 혈마.

그런 그와 달리 허독량의 머릿속은 백지장과 같았다.

'10성이라니! 정말… 인간의 경지를 벗어난 것인가!'

같은 혈마공을 익혔기에 10성의 경지가 얼마나 대단한 것인지 두 말 하지 않아도 알 수 있었다.

가히 인간의 경지를 벗어난 것.

이젠…… 아무리 발버둥쳐도 자신으로선 혈마를 어찌할 방법이 없었다.

"젊은 호기에 노력하는 것은 좋으나 수하들을 생각해서 적절히 조절하는 법도 알아야 하는 법이다. 이번에는 그냥 넘어가겠지만 다음 번에는 용서 없을 것이야."

"명심하겠습니다."

"물러가라."

"명!"

고개를 숙이며 방을 빠져나가는 허독량.

놈의 뒷모습을 보고 있던 혈마는 웃으며 혈뇌를 바라본다.

"역시 못써먹을 놈이지?"

"정확히는 못 믿을 자이지요. 교주님의 제자만 아니었어도 벌써 제가 손을 썼을 것입니다. 그는 결코 본교의 미래를 책임 질 수 있는 적임자가 아닙니다."

"흐흐흐, 괜찮아."

"예?"

혈뇌의 되물음에 혈마는 더 이상 입을 열지 않았다.

혈마는 혈마공이 10성에 달하는 순간 자신의 수명이 대폭 늘어났음을 알 수 있었다.

그렇지 않아도 오래 살았는데 더 오래 살 수 있게 된 것이다.

만약 허독량이 성에 차지 않는다면 이젠 굳이 놈을 비호하고 있을 필요가 없었다.

시간을 두고 새로운 후계를 키우면 끝이니까.

"그보다 피를 좀 보도록 하지. 나도 폐관을 오래하다 보니 피가 그리운 모양이니까."

어느새 물씬 피워대는 혈기를 보며 혈뇌가 말했다.

"사황성과 백도맹… 어디가 좋겠습니까?"

"강한 놈들이 많은 쪽이 좋겠지."

"그렇다면 사황성이 좋겠습니다. 근래 정예를 끌어 모았으니 제법 때리는 맛이 있을 것입니다."

혈뇌의 말에 혈마는 만족스러운 듯 고개를 끄덕였다.

"좋아. 사황성은 내가 처리하지. 자네는… 나머지를 이끌고 백도맹을 쳐. 기왕 하는 것 최대한 빨리 끝내보자고."

"알겠습니다."

아무렇지 않은 듯 고개를 숙이려던 혈뇌는 깜짝 놀라 다시 되물었다.

"호, 혼자 가신단 말씀이십니까?"

"그래. 내 힘을 실험해 보기엔 최고의 상대지. 적당히 뒤처리를 할 수 있는 놈들만 딸려 보내. 나머진 내가 알아서 한다."

자신감 넘치는 그의 말에 혈뇌는 불안해하면서도 고개를 숙일 수밖에 없었다.

저렇게 나오는 혈마는 누구도 막을 수 없음을 오랜 경험으로 알기 때문이었다.

동시 그때마다 모든 일을 성공시켰기에 혈뇌는 기대하고 있었다.

무림 전역에 울려 퍼질 혈마의 이름을.

"언제까지 준비를 시킬까요?"

"오래 끌 필요 없겠지… 그래. 내일. 내일 즉시 움직이는 것으로 하지."

"명을 받들겠습니다."

그의 명령이 전파되고 혈교 전체가 크게 움직이기 시작했다.

이제… 중원을 집어삼킬 시간인 것이다.

天魔武尊

11章.

11 章.

　강력한 충격파가 무림에 날아들었다.

　새벽에 시작된 공격이 해가 저물 때쯤엔 완료되었다.

　그리고 무너졌다.

　사황성이.

　혈교의 도발을 막아내기 위해 정예들을 끌어 모으고 언제든 움직일 준비를 하고 있었음에도 불구하고 사황성은 겨우 반나절 만에 그 역사를 마무리하게 된 것이다.

　더 놀라운 것은 이것이 겨우 한 사람의 손에 의해 이루어졌다는 것이다.

　혈교주 혈마.

붉은 머리칼을 휘날리며 피를 갈구하는 그의 괴물과도 같은 모습은 겨우 목숨을 건진 자들에 의해 알려지며 공포의 대상이 되어가고 있었다.

떠오르는 태양.

어둠을 가르고 떠오르는 빛에 하늘이 점차 붉게 물들었다가 곧 푸른 하늘을 드러낸다.

이맘때쯤이 가장 사람이 피곤할 시간이다.

밤을 새서 일을 하는 사람들에게 있어선 더욱 조심해야 할 시간인데, 오늘 역시 마찬가지였다.

쏟아지는 잠을 참으며 교대를 기다리며 사황성 정문의 경계 근무를 서고 있던 왕삼의 눈에 멀리서 걸어오는 한 사람의 신형이 보인다.

해를 등지고 있었기에 자세한 모습은 보이지 않았지만 건장한 체격의 사내다.

"어이, 저기 누가 오는 것 같은데?'

"이 시간에 누가 온다고 그래? 하암!"

옆에서 졸고 있던 동료가 왕삼을 타박하며 졸던 눈을 뜨던 그때였다.

스컥!

작은 소리가 왕삼의 귀에 들려온다.

익숙하면서도 익숙하지 않은 소리.

그리고.

툭, 데구르르.

푸확-!

눈앞에서 굴러 떨어지는 동료의 머리와 뜨거운 피가 온 사방으로 쏟아지며 무너져 내리는 몸.

비현실적인 모습에서 멍하니 그것을 보고만 있던 왕삼의 곁에 어느 사이 멀리서 보았던 사내가 다가와 중얼거렸다.

"눈이 좋은 넌 살려주마. 오늘 보고, 듣고, 느낀 것은 전해라. 천하에 혈마의 무서움을 전하거라."

오싹!

덜썩.

온 몸에 오한이 듦과 동시 자신도 모르게 자리에 주저앉았다.

뜨끈해지는 다리 사이.

"크큭큭, 재미있는 놈이로군! 좋아, 그 정도는 되어야 하겠지!"

웃으며 앞으로 걷는 붉은 머리카락의 사내.

그리고……

콰앙-!

쿠쿵!

굉음과 함께 사황성의 거대한 정문이 박살난다.

"시작해 볼까?"

그 작은 한 마디와 함께 혈마의 공포가 사황성 전체를 지배하기 시작한다.

콰직!

기괴한 소리가 귓가에 울리고 뜨거운 피가 손을 타고 흘러내린다.

자신의 손에서 생명 하나가 사그러드는 느낌.

"크큭, 크하하하!"

그 느낌이 좋아서 어쩔 수 없다.

피에 흠뻑 취해 혈마는 날뛰었다.

이미 인간의 경지를 벗어난 듯한 그의 실력 앞에 사황성 무인들은 그야 말로 속수무책처럼 나가떨어진다.

누구 하나 그를 막아서지 못한다.

접근했다 싶으면 그의 두 손에 걸려 처참하게 죽임을 당하고, 멀어지면 강대한 내공을 바탕으로 대규모의 살생을 저지른다.

도저히 감당이 되질 않는다.

콰앙!

콰르르르!

사황성의 건물이 무너져 내린다.

"괴, 괴물…!"

"사, 살려줘!"

건물에 깔린 자들이 괴로워하며 도움을 청하고, 어디서인가 불이 붙었는지 이곳저곳에서 불길이 솟아오른다.

"이게 무슨 짓이냐!"

쩌렁쩌렁-!

엄청난 소리와 함께 분노한 듯 강렬한 기세를 피워 올리며 사독이 등장하자 공포에 젖어 있던 사황성 무인들이 일제히 함성을 피워 올린다.

우와아아아-!

"성주님이시다!"

"성주님이시라면 괴물 같은 놈을 막을 수 있을 거야!"

소리를 지르며 자신에게 기대하는 수하들을 뒤로하고 사독은 혈마에게서 눈을 때지 않았다.

놈의 몸에서 느껴지는 엄청난 기운을 깨달은 까닭이다.

"큭큭, 이 놈들이 날뛰는 것을 보니 네가 바로 사황성주로구나."

"그렇다. 넌 누구냐!"

"흐흐, 혈교주 혈마라 한다. 자…… 네 실력을 보자."

으직!

손에 들고 있던 사황성 무인의 목을 가볍게 꺾어버린 그는 천천히 사독을 향해 걷기 시작했다.

한 발 자국 내딛을 때마다 그에 맞춰 이제까지완 비교도 되지 않을 정도로 강렬한 혈기가 사방으로 뻗어나간다.

그 모습에 굳은 얼굴로 사독 역시 앞으로 걷기 시작했다.

사기(邪氣)가 강렬한 기세로 퍼져나간다.

이것은 기 싸움이었다.

절대고수끼리의 기 싸움.

쿠구구-!

무너진 건물들이 들썩거리고, 기와 기의 충돌에 연신 땅이 흔들린다.

"피해라!"

"말려들기 전에 피해라!"

누군가의 외침에 멍하니 보고 있던 무인들이 빠른 속도로 몸을 옮기기 시작했다.

자칫했다간 눈 깜짝 할 사이 목숨을 빼앗길 수도 있었다.

저벅, 저벅-.

쿠구구.

발걸음 하나하나에 점차 강해지는 기세!

우뚝!

마침내 코앞에서 마주 선 두 사람.

이미 인간의 기운인가 싶을 정도로 강대한 기운이 회오리치고 있었다.

이젠…… 싸움을 피하고 싶어도 피할 수 없게 되었다.

얽히고 얽힌 기운들이 물러선다고 해서 그냥 손쉽게 풀릴 것이 아니었으니.

"크큭! 재미있군, 재미있어!"

낮게 웃으며 먼저 혈마가 움직인다.

발은 굳건히 땅에 붙인 채 상체를 흔들어 빠르게 주먹을 날린다.

그에 반응하여 사독 역시 움직이지 않고 공격을 받아낸다.

권신(拳神)이란 별호는 그냥 얻은 것이 아니었다.

그야 말로 주먹질에 있어선 누구도 따를 수 없기에 얻은 별호인 것이다.

파바밧!

상체만 움직이는 가운데서도 두 사람은 기가 막힐 정도로 빠르게 움직였다.

허공에서 서로의 주먹이 얽혀 나가고, 상체를 흔들거나 비틀어 공격을 피해낸다.

겨우 성인 한 사람이 들어 갈 수 있을 정도의 공간을 두고 벌어지는 일진일퇴의 공방!

츠츠츠.

뿜어져 나가는 기세는 거의 제한이 없을 정도였고, 이것이 전초전이란 것을 감안한다면 터무니없을 정도로 많은 내공이 소모되고 있는 것이었다.

그때였다.

두 사람의 주먹이 정확히 허공에서 부딪치고.

쩌엉!

그것을 신호로 두 사람의 신형이 일제히 뒤로 물러났다가, 다시 달려든다.

이제 전초전이 끝난 것이다.

콰르르르!

혈마의 손에서 뻗어 나온 권강이 굉음을 내며 사황성의 건물을 때려 부수고, 사독의 주먹에서 나온 권강은 집요하게 혈마를 노린다.

그 과정에서 수많은 사황성 건물들이 피해를 입었지만 혈마도 사독도 개의치 않는다.

지금 건물 따위가 중요하지 않았다.

중요한 것은 눈앞의 상대를 제압하는 것이다.

잠시 아차 하는 순간에 목숨이 떨어져 나갈 수도 있는 일이기에 최선을 다하고 있었다.

터텅!

온 몸으로 느껴지는 강한 충격에 사독은 이를 악물었다.

권신이란 이름으로 불리고 난 뒤 이런 싸움을 한 적이

있는 지 생각조차 나지 않는다.

아니, 벌이긴 했었다.

비무란 이름으로 포장을 하긴 했었지만 천마를 상대로 남궁선과 함께 합격을 했을 때와 비슷했다.

'기분 더럽군! 제길!'

분명 자신은 전력을 다하고 있건만 상대에게선 정체를 알 수 없는 여유가 느껴진다.

상대하면 할수록 자신이 진흙탕에 빠져드는 기분.

그 더러운 기분을 상쇄하기 위해서라도 사독은 자신의 모든 것을 쏟아 붙기 시작했다.

쩌어어억!

쿠아아앙!

연신 굉음이 터져 나오며 도저히 사람이 서 있지 못할 정도로 지축이 뒤흔들린다.

그러는 과정에서 사황성에 남은 건물이 거의 없을 정도였다.

"크아악!"

"살려줘!"

피한다고 피했건만 결국 싸움에 휘말리는 자들이 생겨나기 시작했다.

용호상박처럼 보이는 싸움이지만 시간이 흐를수록 점차 밀리는 것은 놀랍게도 사독이었다.

왼눈의 약점 때문이라고 말할 수도 없었다.

이미 그것을 극복한 지가 오래였으니까.

그럼에도 불구하고 밀린다는 것은 결국 혈마가 더 강하다는 증거였다.

으드득!

이를 악무는 사독.

'이곳에서 밀리면 안 된다. 사파의 미래를 위해서라도 어떻게든 막아야 한다. 젠장! 어디서부터 잘못된 것인지!'

머리 속이 복잡해진다.

그리고 그 찰나의 틈을 혈마는 놓치지 않았다.

텅-!

사독의 팔을 강하게 튕겨내며 앞으로 발을 내딛은 혈마!

그 순간 눈앞에 사독의 가슴이 환희 드러난다.

"잡았다."

"큭!"

쩌엉!

놈의 주먹이 무방비 상태의 사독의 옆구리를 후려친다!

"크아아악!"

비명과 함께 나가 떨어지는 사독!

어지간하면 이를 악물고 버텨보겠지만 그럴 수 없었다.

단 일격에 옆구리의 갈비뼈들이 부서지고 단 숨에 내장

에까지 큰 손상을 입었다.

이 모든 것이 사독 본인의 호신강기를 부수고 이루어낸 것이다.

겨우 일격에 담은 것이라곤 상상도 할 수 없을 파괴력.

허나 이것이 바로 혈마의 진정한 무서움이었다.

"크크, 크하하하!"

주먹에서 느껴지는 통쾌한 느낌에 그가 광소한다.

어느새 그의 혈기를 더욱 진해져 있었다.

"대체…… 어떻게."

자신과 같이 힘을 쏟아 부었음에도 불구하고 지친 것 같지 않은 놈을 보며 사독은 믿을 수 없었다.

"크크크, 궁금한가? 그래, 궁금하겠지. 하지만 내가 누군지 잊은 모양이로군."

"……빌어먹을!"

그제야 사독은 눈치 챘다.

놈의 발 주변으로 가득한 피를.

자신의 수하들이 죽으며 흘려낸 피가 어느새 놈의 발치에 엄청난 양으로 모여 있었다.

천마에게 혈공에 대해 이야기를 듣고서도 그것을 잊고 있었던 자신의 패착이었다.

혈공을 익힌 놈들에게 피는 곧 힘이다.

다시 말해 놈은 끊임없이 새로운 힘을 공급받는데 반해

자신은 소진만 하고 있었으니 애초에 이길 가능성이 거의
없던 싸움이었던 것이다.

"너도 내 힘이 될 거라."

놈이 드는 주먹.

그것이 사독이 살아서 마지막으로 본 것이었다.

"빌어먹을."

◐

"당했군."

혈영신투의 긴급 보고에 도현은 얼굴을 구겼다.

그와 함께 즉시 명령을 내렸다.

"팔 장로에게 즉시 귀환하라 전하고 이 시간부터 본교는
비상체계로 움직인다. 현재 외부에 활동하고 있는 무인은?"

"최소한을 제외하곤 본교에 모여 있습니다. 언제든 움
직일 수 있게 준비하란 명령이 있으셨던 탓에, 당장 움직
인다 하더라도 문제없습니다."

"좋아. 일단은 당장 팔 장로를 귀환시키도록."

"명!"

고개를 숙이며 재빨리 밖으로 뛰어나가는 삼 장로.

얼마 지나지 않아 사방이 소란스러워지기 시작했다.

"쯧…… 계획적인 것인지, 우발적인 것인지."

삼 장로가 가져온 소식은 도현에게도 큰 충격이었다.

설마하니 단신으로 사황성을 공격할 줄은 몰랐다.

뿐만 아니라 혈마가 이렇게 강할 것이라곤 미처 예측하지 못했던 사태였다.

이렇게 된다면 혈교만 조심해서 될 것이 아니었다.

일인군단이라 할 수 있는 혈마 역시 견제를 해야 하는 것이다.

물론 도현 본인도 그에게 질 것이라 생각지 않았다.

자신도 마음먹는다면 얼마든지 사황성을 박살 낼 수 있었으니까.

예전의 사황성도 아니고 이미 전력의 누수가 많은 사황성은 더 이상 두렵지 않은 상대였다.

"문제는 놈의 움직임을 잡을 수 있느냐는 것인데……."

인상을 쓰는 도현.

역시 제일 큰 문제는 혈마다.

자신이 신교를 비운 사이에 이곳에 쳐들어온다면 막을 수 있는 방법이 없다.

게다가 놈이 사황성에서 보여준 잔인성을 생각한다면 결코 이곳을 그냥 둘 것 같지도 않았다.

그렇다고 해서 자신이 이곳에 묶여 있는 것도 이치에 맞지 않다.

수많은 고민을 했지만 결론은 하나뿐이었다.

돌발적인 상황이 발생했다고 해서 이런저런 고민을 하기 보다는 애초에 계획했던 대로 움직이는 것이다.

최선을 다해 놈들을 몰아친다.

혈마가 자리를 비울 수 없도록 말이다.

"후…… 이제와 고민을 하지 말라는 뜻이겠지."

천천히 자리에서 일어서는 도현.

그의 몸에서 패도적인 기세가 물씬 풍긴다.

소식을 전달받은 사공준허는 그 즉시 백도맹 총단을 나와 신교를 향해 움직였다.

최대한 빠르게 움직이기 위해 수라파천대가 작은 교자를 만들어 그를 태우고 달렸다.

거의 쉬지 않고 교대로 교자를 들며 움직인 끝에 무려 일주야 만에 신교에 도착할 수 있었다.

"지금 같은 상황에선 애초에 세웠던 계획대로 움직일 수밖에 없습니다. 괜히 복잡한 생각을 하게 된다면 그 효율도 떨어지겠지만, 자칫 많은 피해를 입을 수도 있습니다."

"나 역시 그리 생각한다. 우리는 애초의 계획대로 움직인다. 어차피 백도맹과 사황성의 힘을 기대한 것은 아니었으니 큰 문제는 없을 것이다."

"그렇습니다. 차라리 잘 되었습니다. 본교가 단독으로

움직인다면 다른 자들의 눈치를 볼 필요가 없으니 훨씬 더 능률적으로 움직일 수 있을 겁니다."

사공준허가 도현의 말에 고개를 끄덕이며 동의하자 장로들은 더 이상 말을 하지 않았다.

머리를 쓰는 것에 있어선 사공준허와 도현을 따라 갈 수 없기 때문이다.

게다가 두 사람의 의견이 맞는 상태이니 더 말을 해서 뭐하겠는가. 그저 주어진 임무에 최선을 다하면 될 뿐.

"기존 무림의 조율은 군사에게 맡기지."

"맡겨 주십시오!"

자신 있다는 듯 고개를 끄덕이는 그를 뒤로하고 자리에서 일어서는 도현.

"가자. 무림으로. 그리고…… 복수의 시간이다."

"존명!"

쿠구구구!

거대한 천마신교의 정문이 열린다.

둔탁한 소리를 내며 열리는 거대한 정문.

문이 완전히 개방되자 거대한 깃발과 함께 신교 무인들이 쏟아져 나오기 시작한다.

펄럭 펄럭-.

휘날리는 천마신교의 깃발.

신교를 지킬 최소한의 인원을 제외한 나머지 모두가 정문을 지나 밖으로 쏟아져 나가고 있었다.

　잔살흑암대(殘殺黑暗隊) 오천. 유령귀살대(幽靈鬼殺隊) 삼천. 지옥만마대(地獄萬魔隊) 일천. 수라파천대(修羅破天隊) 오백. 마지막으로 천마검위대(天魔劍衛隊) 일백.

　모두 구천육백에 이르는 신교의 정예 무인들.

　여기에 장로들과 그 제자들.

　마지막으로 천마까지.

　물경 1만에 이르는 마도인들이 중원으로 향하고 있었다.

　그 시각 백도맹이 발빠르게 움직이고 있었다.

　아니, 그럴 수밖에 없었다.

　설마하니 사황성이 그리 쉽게 무너질 줄 누가 알았겠는가.

　그제야 발등이 불이 떨어진 것처럼 행동하며 구파일방과 오대세가, 중소방파들이 정예를 서둘러 모으고 있었다.

　허나 이미 뒤늦은 감이 있었다.

　사황성을 무너트리고 중원 무림의 절대고수였던 권신을 죽인 혈교는 빠른 속도로 그 세를 불려가고 있었다.

　중원 전역에서 피 냄새가 끊이지 않았고, 혈교가 만드는 혈탑은 점차 많아지기 시작했다.

피에 취해 일반인을 죽이는 사태도 벌어졌지만 혈교에선 철저하게 모든 것을 비밀에 붙였다.

목격자를 죽이고 관리들을 돈으로 매수한다.

간혹 말을 듣지 않는 관리들은 남몰래 목을 베었다.

자칫 황실이 움직일 수 있는 상황임에도 불구하고 혈교는 개의치 않았다.

아니, 시간이 지날수록 신경 쓰는 것이 줄어들어 가고 있었다.

혈공을 익힌 자들이 매일을 피에 취해 사니, 제 정신을 유지하는 자들이 드물 정도였다.

이것을 제어해야 할 혈마는 되려 그 본인이 피의 광기를 제어하지 못하고 앞장서서 수많은 목숨을 해하고 있었다.

"나와 목숨을 함께 할 수 있겠나."

맹주의 부름을 받았을 때부터 이미 각오를 하고 있었지만 정작 그 소리를 듣자 청룡대주 광혈검(狂血劍) 우주학은 눈에서 눈물이 쏟아질 것 같았다.

끝까지 맹주를 따돌리던 놈들이 이제와 맹주에게 기대하고 있었다.

실증이 날 법도 하건만 맹주는 그들의 요청을 수락하여

죽음의 길을 향해 스스로 움직이려 하고 있었다.

덜썩!

이를 악문 광혈검이 무릎을 꿇었다.

"저는 맹주님의 검! 맹주께서 가시는 길, 그곳이 어디든 함께 할 것입니다!"

마치 충성을 맹세하듯 외치는 그를 보며 남궁선은 웃으며 그의 어깨를 두드렸다.

"고맙네. 자네가…… 내가 잃어버린 왼팔이 되어주게."

"존명!"

청룡대를 준비시키기 위해 그가 방을 나가자 홀로 남은 남궁선.

그는 책상 밑에서 독한 화주를 꺼내 들었다.

오늘 아침 몰래 밖에 나가 구해온 것이다.

그리고 두 개의 잔.

조르륵-.

자신의 잔을 채우고…… 남은 잔을 채워 반대편에 놓는다.

"늙은이가 먼저 가야 할 길을 젊은 자네가 먼저 가다니 이게 무슨 일이란 말인가. 허허, 하지만 걱정하지 말게나. 내 곧 자네를 뒤따라 갈 테니."

주인이 없는 술잔.

그것은 먼저 간 사독을 위한 것이었다.

비록 정파와 사파의 수뇌로서 잦은 만남은 가지지 못했
지만, 한번씩 만날 때마다 서로 통하는 무엇인가가 있었
다.

　그렇기에 과거 패마까지 함께 했던 비밀회의를 단 한 번
도 빼놓지 않고 갔었다.

　"생각해보면 그때가 좋았네. 괜한 욕심이 미래를 망쳐
버렸어."

　획.

　단숨에 술잔을 들이키는 남궁선.

　연신 독한 화주가 그의 목으로 넘어간다.

　"천마와 비무를 한 그날 알 수 있었네. 자네가 이미 나보
다 월등히 강하다는 것을. 변명은 아니지만 이 허전한 팔
이 있었다면 자네에게 결코 이런 말을 하지 않아도 되었을
것이야. 후후후."

　텅 빈 왼팔.

　그동안 아쉽다고 여긴 적은 있었지만 오늘, 이 순간처럼
아쉬운 적은 결코 없었다.

　탁!

　마지막 잔을 내려놓으며 남궁선은 자리에서 일어섰
다.

　그리고 맞은편을 보며 말했다.

　"흘흘, 그런 얼굴로 좀 보지 말게나. 어쩔 수 없는 일이

지 않은가. 권력을 쥔 자는 그에 어울리는 역할을 할 필요
가 있는 법이네. 그러기 위해 화려한 삶을 살아가는 것이
니까. 내가 죽는다 하더라도… 그가 있지 않은가? 그라면
충분히 놈들을 물리치고 중원 무림의 미래를 생각해 줄 것
이야."

스릉-.

벽에 걸려있던 애검을 꺼내드는 남궁선.

그리고…… 검집을 자신의 책상위에 올려둔 채 밖으로
향한다.

이미 밖에는 청룡대가 집결해 있었다.

일천의 정예.

오직 남궁선의 실력과 인품에 이끌려 집결한 자들.

죽으러 가는 길임에도 불구하고 그들의 얼굴에는 웃음
이 가득했다.

"다들 준비는 되었나?"

"예!"

우렁찬 대답들.

그에 웃으며 남궁선은 말했다.

"무인으로서 헛되지 않은 죽음은 누구나 원하는 것이
지. 우리는 헛되지 않은 죽음을 맞으러 가는 것이네. 두렵
다면 빠지게. 난 신명나게 놀아 볼 테니."

저벅저벅-.

몸을 돌려 걷는 남궁선.

그의 뒤로 청룡대가 바짝 따른다.

누구하나 떨어져 나가는 이가 없다.

그리고 그것이 백도맹에서의 마지막이었다.

天魔杀土

12章.

12 章.

"결국 모든 것의 시작과 끝은 무한에서 시작되는 것인가?"

눈앞에 들어오는 무한의 모습을 보며 도현은 피식 웃었다.

과거 처음으로 중원으로 들어와 생활을 했던 곳이 무한이었고, 구룡무관(九龍武館)이었다.

구룡무관은 이젠 다 낡아빠져 간간히 무너진 건물들도 있었지만 그 형체만큼은 아직도 제 모습을 유지하고 있었다.

근 1만에 달하는 신교 무인들이 한 번에 머무르기엔 더 없이 적당한 장소.

"근처까지 다가왔다는 보고입니다."

"생각보다 빠르네. 움직일까?"

도현의 말에 이제까지 곳곳에서 휴식을 취하고 있던 신교 무인들이 발 빠르게 집결하기 시작한다.

신교를 벗어났던 도현은 그 즉시 이곳으로 달려왔다.

어차피 혈교 놈들은 점점 북상할 것이었기에 도현은 미리 무한으로 움직여 놈들을 기다리고 있었다.

이제야 겨우 전력을 갖춘 백도맹은 아직도 총단에서 움직이지 못하고 있었다.

그들이 전력을 갖추고 도현들이 무한에 도착하여 충분한 휴식을 취할 수 있는 시간을 벌어 준 것.

남궁선이었다.

검신(劍神)으로 추앙받던 그가 일천의 청룡대와 함께 혈교 무인들과 함께 이동을 하고 있던 혈마는 급습했다.

그 결과 청룡대와 남궁선은 죽임을 당했지만 혈마의 발을 묶어두는데 성공했다.

겨우 삼일의 시간.

하지만 그 시간 덕분에 도현들은 충분히 준비를 할 수 있었다.

무한에서 멀지 않은 곳에 거대한 평원이 존재한다.

파평지(播平地)란 곳이었는데 과거 전란(戰亂) 시절 이곳에서 대규모 싸움이 벌어지곤 했었다고 전해진다.

그런 덕분인지 몰라도 이곳의 풀은 약간 붉은 빛을 띠는데, 그것이 불쾌하다 하여 일반인들은 잘 오지 않는 곳이었다.

무림인들끼리 치고 박기 딱 좋은 곳인 것이다.

펄럭 펄럭-.

천마신교의 깃발 수십여 개가 곳곳에서 휘날리며 파평지 한쪽에서 모습을 드러내며 자리를 잡는다.

그리고 한 시진이 지나기 전 반대편에서 혈교의 붉은 기를 내걸고 혈교 무인들이 모습을 드러낸다.

혈기와 마기가 파평지 곳곳에서 충돌한다.

서로의 기세가 드높기 때문이다.

그때였다.

와아아아-!

함성 소리와 함께 우측에서 백도맹의 기를 내건 이들이 모습을 드러내었고, 좌측에선 사황성의 기를 내건 자들이 나타난다.

중원의 미래를 내건 싸움에 자신들이 빠질 수 없다는 것인지 모습을 드러낸 그들은 각자 한쪽을 차지하고 움직이지 않는다.

그 모습을 본 도현이 웃었다.

"하하하, 그래도 양심이 있던 놈들이 있긴 있는 모양이야."

"이야기를 해볼까요?"

어느새 다가온 혈영신투의 말에 도현은 고개를 저었다.

"지금은 집중하기로 하지."

"예."

물러서는 혈영신투.

사실 묻기는 했지만 그 역시 딱히 움직이고 싶지 않았다. 지금은 눈앞의 혈교에만 집중하고 싶었던 것이다.

"자…… 어떻게 나올 것이냐."

웃는 얼굴로 도현은 혈교 무리를 바라본다.

정확히는 그 선두에 서 있는 혈마를.

자신을 강한 눈길로 쳐다보는 천마를 보며 혈마는 웃었다. 얼마 전 검신이라 불리던 남궁선을 죽이고 그의 심장을 씹어 먹었다.

딱히 자신의 힘이 도움이 되는 것이 아닌데도 말이다.

"혈뇌!"

"부르셨습니까?"

고개를 숙이며 다가서는 혈뇌.

그의 얼굴은 평소와 달리 창백해져 있었다.

이유는 간단했다.

자신이 알고 있던 혈교의 모습과 지금의 혈교는 너무나 달랐던 것이다.

모두가 미쳤다.

피에 미치고 그 광기에 또 미쳤다.

원대한 꿈을 꾸었던 것은 어디로 간 것인지 다들 피를 갈구하는 미치광이들이 되어 버린 것이다.

자신의 통제도 소용없었고 애써 세운 계획도 무용지물.

혈뇌는 자신의 존재가 지금의 혈교에 별 필요가 없다는 사실을 뼈저리게 느끼고 있었다.

덕분에 거의 잠을 자지 못해 이런 꼴인 것이다.

"저기서 날 노려보고 있는 저 놈이 천마라는 애송이겠지?"

"아마 그럴 것입니다."

자신의 눈으론 천마의 모습이 보이지 않지만 혈마가 그렇다고 하니 그런 것일 테다.

"저놈을 죽이면 이제 중원에 남은 강자가 있나?"

"교주님의 앞을 가로 막는 자는 없을 것입니다."

"크크크! 그렇단 말이지? 좋아, 좋아! 아주 좋아! 크하하하!"

광소를 터트리던 혈마가 돌연 앞으로 걸어가기 시작한다.

그 모습을 보던 혈뇌는 긴 한숨과 함께 천천히 몸을 뒤로 움직인다.

싸움이 벌어지게 되면 자신은 크게 필요 없어지게 될 것이다.

"이것은…… 내가 바라던 것이 아닌데……."

후회와 회한이 가득한 목소리였다.

"나오는 군. 나도 간다. 뒤는… 부탁하지."

"예."

이 장로 월영마검에게 뒤를 부탁한 도현은 천천히 혈마를 향해 걸어나가기 시작했다.

꽤나 먼 거리임에도 불구하고 두 사람 모두 평상시와 같이 걷고 있었다.

허나 그들의 몸에서 뿜어져 나오는 기세는 보통의 것이 아니었다.

쿠구구구……

파평원 전체가 혈기와 마기의 충돌로 들끓어 오르는 듯하다.

"호?"

자신의 혈기에 조금도 밀리지 않고 오히려 자신의 압박하는 듯한 놈의 힘에 혈마는 재미있다는 듯 웃었다.

그러면서 혈기는 더욱 개방한다.

여기에 지지 않고 도현 역시 마기를 더욱 쏟아낸다.

이런 기세 싸움에서 질 정도로 도현은 호락호락하지 않

다.

파직, 파직!

막대한 기의 소용돌이에 혈기와 마기가 부딪치며 곳곳
에서 기괴한 현상이 벌어지기 시작했다.

기의 밀도가 높아지며 하늘이 두 가지 색으로 나뉜다.

붉고, 검은 색으로.

"제법이군."

"하나 묻지."

"그래, 네놈에겐 자격이 있는 듯 하군."

웃으며 말하는 혈마.

당장이라도 놈의 얼굴에 주먹을 처박고 싶지만 도현은
참았다.

으득!

이를 악문 채 질문을 한다.

"사부님의 심장을 가져 간 것이 너인가?"

"미안하지만 아니야. 패마를 죽이고 그 심장을 뺀 것은
내 제자인 허독량이지. 만나봤나? 아니, 만나봤겠지?"

"그래…… 그놈이었나?"

우우웅ㅡ.

치솟는 살기.

만약 이 사실을 미리 알았더라면 그와 마주했을 때 결코
살려서 돌려보내지 않았을 것이다.

사부의 원수를 눈앞에 두고도 몰라봤으니 일생의 실책이라 생각했다.

하지만 이어지는 혈마의 말은 도현은 분노하게 하기에 충분했다.

"패마를 죽이고 심장을 꺼낸 것은 녀석이지만 그것을 먹은 것은 나야. 패마의 심장에 뭉친 막대한 마기는 아주 맛있었어. 어때? 멋있지 않나? 이 강대한 힘! 이런 힘을 가지고서도 패마는 평화놀이에 빠져 있었던 거지! 크크크!"

"……심장을…… 먹었다고?"

"그래! 혈마공의 최고 장점이지! 마기가 농축된 마인의 심장은 혈마공을 익히는 자들에게 최고의 영약이지! 크하하하! 너 역시 이제 내 힘이 될 것이다!"

"죽여주마. 반드시. 반드시 죽여주마!"

콰콰콰!

도현의 몸에서 거센 살기가 몰아치고 혈마를 향해 그 신형을 날린다.

"크하하하하!"

광소를 터트리며 달려 나가는 혈마.

둘의 충돌이 파평원을 뒤흔든다!

"공격."

천마가 혈마와 충돌한 것을 확인한 월영마검은 간단한
명령을 내리고선 앞으로 달려 나간다.

그 뿐만이 아니었다.

장로들이 일제히 앞으로 달려 나가고 있었다.

그들 역시 혈교에 쌓인 것이 많은 사람들이었다.

특히 범인은 아직 알 수 없지만 놈들 때문에 자신들의
주군이었던 패마가 죽었다는 사실은 변치 않는다.

"뼈까지 없애주마!"

콰콰쾅!

거력마웅이 자신의 힘을 과시하며 온 사방을 휘젓고, 월
영마검의 검이 혈교 무인들의 심장과 목을 베어낸다.

그들뿐만 아니라 모든 신교 무인들이 분노를 터트렸다.

그들의 기세는 노도와 같았다.

"크아악!"

"죽여!"

차창! 쩡!

온 사방에서 갖은 무기소리와 비명소리. 함성 소리가 뒤
섞여 들려온다.

어지럽게 뒤섞여 싸우는 싸움에 어떻게든 이번 싸움에
참전하기 위해 이곳에 달려온 사황성과 백도맹은 움직일
엄두도 낼 수 없었다.

천마신교와 혈교가 뿜어내는 기세가 매서웠던 것이다.

이런 상황에서 자신들이 끼어든다면 십중팔구 방해밖에 되지 않을 터였다.

사실 신교 입장에서도 그들이 참여하지 않는 것을 원하고 있었다.

복수의 대상을 나누는 것은 결코 마음에 들지 않으니까.

그렇게 치열하게 싸우는 와중에도 양측 모두 결코 접근하지 않는 곳이 있었으니.

바로 천마와 혈마의 싸움이 벌어지고 있는 곳이었다.

두 사람을 중심으로 백장 안으로는 결코 접근하지 않는다. 자칫 그 안으로 들어갔다간 목숨을 잃을 수도 있었다.

쩌정-!

혈마의 주먹을 막아낸 도현의 검이 비명을 토해낸다.

검은 검신을 가진.

이젠 천마검이란 이름을 받은 그의 검은 명검 중에서도 손에 꼽히는 명검이다.

도현의 막대한 내공을 받아내고서도 부러지지 않는다는 것이 그 증거였는데, 그런 천마검이 지금 비명을 내지르고 있었다.

우우웅!

부러지거나 금이 가진 않았지만 천마검이 비명을 지른다는 것은 그만큼 이 싸움이 격렬하다는 증거다.

천마검의 위로 솟아오른 검은 검강은 연신 허공에 궤적을 그리지만 혈마는 잘도 피해내거나 두 주먹으로 막아낸다.

결코 인간이 할 수 없는 것 같은 신기.

하지만 이미 인간의 범주를 벗어난 두 사람에게 있어 무기란 익숙한 도구일 뿐이다.

주먹과 검이 부딪친다 하더라도 연장선상의 도구일 뿐이다.

"핫!"

도현의 기합과 함께 그의 신형이 기묘한 움직임을 보이더니 막대한 마기와 함께 한순간에 혈마를 향해 뿜어져 나간다.

쿠아아—!

"크크크!"

그것을 보며 혈마는 웃으며 있는 힘 것 주먹을 내뻗었다.

콰앙—!

귀가 먹먹해질 정도의 굉음.

연신 벌어지는 두 사람의 싸움은 그 끝을 모를 정도다.

하지만 분명한 것은 두 사람의 싸움이 시간이 지날수록 격렬해지고, 그 범위가 넓어지고 있다는 것이다.

"그래, 이거야! 크하하하!"

"더, 더해봐!"

"있는 힘을 다 써보란 말이다!"

연신 떠들어대며 온 몸을 무기로 삼아 흔드는 놈을 보며 도현은 이를 갈았다.

허나 방법이 없다.

놈은 무척이나 강했다.

자신도 강해졌다고 생각을 했지만 놈은 무시무시할 정도로 강했다.

인간의 경지를 벗어난 강함.

으득!

이를 악무는 도현.

입술이 찢어지며 피가 흐른다.

'그래…… 이 싸움에 이기기 위해선 나도 미쳐야 한다. 나 자신을 잃어버릴 것 같아 그동안은 미뤄왔지만……!'

도현의 두 눈이 빛난다.

더 높은 곳을 향해 언젠가는 해야 한다고 생각했었지만 지금의 힘으로도 충분하다 생각해서 가지 않았던 길이다.

하지만 눈앞의 상대는 강했다.

무서울 정도로.

이대로 자신의 한계를 깨지 못한다면 놈을 이길 방법은 없어지고 그 결과는…… 끔찍해질 것이다.

떠덩-!

검과 혈마의 주먹이 부딪치는 순간 도현의 왼팔이 기묘한 변화를 일으키더니 강한 타격으로 그를 후려친다!

푸확!

그 힘을 이용하며 재빨리 뒤로 물러서는 도현.

그리고.

'부디…… 정신을 찾을 수 있길!'

마기의 폭풍이 도현의 몸을 중심으로 시작되었다!

쿠오오오-!

'난 돌아간다! 반드시……!'

마지막 순간 소진들을 떠올리며 도현은 반드시 돌아갈 것을 각오하며 묶어두고 있던 모든 마기를 풀었다.

天魔飛花上

終.

終.

　"그럼 천마곡(天魔谷)에는 천마조사께서 기거하고 계신 곳이로군요?"

　"그렇지. 조사께선 그야말로 살아있는 신으로 추앙받았 단다. 그분의 손짓 하나에 산이 무너지고, 발짓하나에 새 로운 계곡이 생겼다고 한다. 그 증거가 아직도 중원에 한 가득 남아 있다고 하니 이 얼마나 놀라운 일이더냐."

　"하지만 사부님. 벌써 천년도 전의 일이지 않습니까?"

　제자의 물음에 노인은 웃으며 머리를 쓰다듬는다.

　"그리 생각한다면 어쩔 수 없지만 보거라."

　노인이 소년을 들어 창밖에 화려하게 빛나는 신교의 마 을을 보여준다.

거대한 천마신교에는 밤이 존재하지 않는 듯 어둠을 밝히는 횃불이 수도 없이 걸려 있었고, 그 사이를 오가는 자들이 무척 많았다.

"이 모든 것이 역대 천마들께서 만드신 것이다. 그리고 그 기본은 조사께서 만드신 것이지."

"으음…… 전 아직 잘 모르겠어요."

"허허허, 곧 알게 될 것이다. 그분의 위대함을. 내 사부께서 천마곡 안으로 들어가실 때의 얼굴이 아직도 잊혀지지 않는구나."

"왜요? 어떤 표정이셨는데요?"

"소년과도 같이 설레여 하셨지. 그분이 기거하셨던 곳으로 가는 것이니."

"사부님도 기대하고 계세요?"

그 물음에 당대 천마 진마여는 제자의 머리를 쓰다듬으며 말했다.

"나 역시 그 날을 기대하고 있단다. 그리고 신교를 잘 보살폈다 보고하기를 기다리고 있단다."

웃는 사부를 보며 소년은 마음먹었다.

언젠가… 자신도 저런 말을 제자에게 하고 싶다고.

〈大尾〉

SPORTS FANTASY STORY
답답한 한국축구 리더십의 부재에 대한 해결책
죽음을 극복한 한국인 감독 박정의 분데스리가 정복기!
TACTICS
택틱스
필로스 스포츠판타지 장편소설
1
TACTICS
택틱스
필로스 스포츠판타지 장편소설
1
택틱스
필로스 스포츠판타지 장편소설
장르 최대사이트 문피아
골든베스트 1위 !!
L'HISTOIRE SE JOUE MAINTENANT
북두
(주)좋은세상
※출판 일정에 따라 출간일은 변경될 수 있습니다.